負罪

炓子

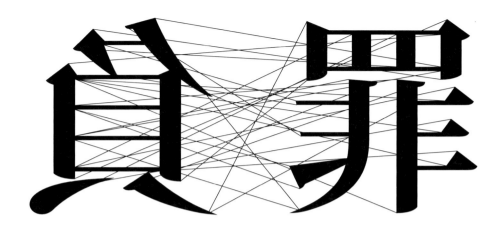

好評推薦

《負罪》倒敘解謎的怵目驚心，節奏明快的冷血犀利，乍見包裹深厚情誼的糖衣內裏，原來生無可戀，不敢想起的家庭血緣，才是生命不可承受之輕。

——紀昭君，書評家

你以為你只是身處漩渦，但待潮水褪去，卻驚覺手上的刀子正抵著自己的脖子。而你，淚流不止。

——柳煙穗，《記得歲月》作者

目次

第一章

冬天的火車廂裡很冷，為了保持車廂內的空氣流通，就開了空調，起初不太冷，但是時間開得越久就越冷。我將有些下滑的外套往上挪，縮往靠窗戶的角落，窗外亮的刺眼，樹木樹叢與稻田魚貫閃過，比起想看清風景，聽音樂還比較實在，這條山線我坐過不下十次，早就膩了，雖然想過要買海線的票讓眼睛換個口味，卻總是因為時間多出了那幾分鐘而作罷。

現在時間來到下午四點三十三分，五點四十一到站，因此我還有六十八分鐘可以發呆。或是選擇思考等會兒見到好久不見的同學時該說什麼話。

下午接到電話時我正賴在溫暖的被窩裡不肯起床，在光線不足的環境下滑手機漫畫，來電畫面跳出的當下嘖了一聲，但聽完來電內容後舌頭彷彿自動消失一般。

電話裡的聲音，是壓抑過的惶恐與微慍，每字每句都像指責、都像是我的過失，明明從內容裡聽得出來來電者想表達的不是這個意思。

都是妳的錯。言下之意聽起來就像這樣子。

將近快五個月沒有聯絡，中性偏尖的嗓音令人久違，我分神的想這件事，對她和另一個人的狀況毫不放在心上。

「蘇媛死了。」

這一句話就是所有電話內容的重點，魏俐安告訴我，蘇媛自縊身亡了，電話裡她似乎在身處在嘈雜的環境，顯得焦躁不安。

回答會過去之後我走到浴廁梳洗，換上乾淨的衣服，上些底妝綁了細軟的黑髮，圍上格子圍巾背上帆布包出門，在火車站旁買了一顆飯糰，買票、等待進站、上車、坐下，默默啃著飯糰，一切過程不疾不徐。並不如想像中慌張。

她的死是我的錯。

……她的死是我的錯？

這句話在我腦子裡以肯定句與疑問句的兩種形式同時出現，像兩尖銳物疾速頓停在眉間前一根汗毛的距離。似疲倦地按了按兩眼間，回過神我決定暫且拋開這異物感。

瞇起眼專心在聽音樂一事上，我漸漸因為低溫而犯睏。

❖ ❖ ❖ ❖ ❖ ❖

魏俐安是我和蘇媛的大學同學，她有著一頭染了淺金色的中長髮和一對畫得標緻的眉毛，微挺的鼻梁、內雙加上細緻的五官讓她看起來像韓系混血兒，在系上走廊總是被行注目禮。

但現在她一頭金髮散亂，雖化好了平時外出的妝容，卻有種說不出的狼狽。

看來是要出門卻又放棄了。

接過我路上買的晚餐，面無表情的說了聲謝謝，小聲到像是喃喃自語，我不禁疑惑她近幾天的日子是否都是如此。

她說要抽根菸，於是我們便移駕到陽台。她叼著菸點火，但一直無法對準點燃，我默默接過打火機幫她。

「我記得妳不會用打火機。」深深吸了一口的魏俐安說道，在白煙繚繞裡看起來有些失神。

「最近學會的。」頭往大衣領口內縮了縮。

怎麼學會的呢？其實我也記不清了。

「蘇媛的父母去過了嗎？」揮去腦中的思考，我抱著右膝直視對面房屋門外被冷風吹得發抖的流浪小狗，牠走到一戶人家門口的大盆栽旁窩著，發出微弱的哀鳴。

去過現場了嗎？肯定是去過了吧。明明知道答案，我還是想提出疑問，儘管我更想問的是「蘇媛她有父母幫她處理後事嗎？」

蘇媛一向避開有關家裡人的話題，巧妙的帶到另一個毫不相干的地方，當旁人想繼續追問，她當下散發出不容質疑的氣氛時卻又讓人開不了口。

魏俐安點了點頭，又吐了一口煙，面無表情地倚著微微生鏽的鐵桿，背對天空，燃燒的星火在指間忽明忽滅，在白煙裡微弱的苦撐存在。

「……只有媽媽而已。」

她回答道，從唇縫間吐了白煙。

我盯著悶燃的菸火，不知為何莫名生惡。

「爸爸呢？」

「沒有。」頓了一下，她繼續：「妳知道她媽媽來了之後看到她的……之後對我說了什麼嗎？」

夾緊菸身，前端的灰燼掉落些許，在地上閃爍一陣便黯淡下去，省過了敏感的字詞，那一瞬間空氣凝滯了令人窒息的尷尬。

「多管閒事。」

多管閒事。是貶抑的字句，我嘴上及心裡卻意外地默不作聲，「妳也這麼覺得？」見我沒有回話，她反倒問了句些微尖銳的問題，也許並非有意，卻戳出了極像破洞的壓痕，「我多管閒事？」

不，沒有這一回事，妳只是做了妳該做的事，妳沒有錯。我依舊望著快被冷風擊倒的小狗，瑟瑟發抖、羸弱前行。

抓著鐵桿，我知道我正在分心，但也許是我下意識這麼做也說不定，雖然很對不起旁邊正在斜睨我的人。

砰！

魏俐安揪著我大衣的右領口，憤怒發勁的右手與後方玻璃窗的距離讓我感到難受，「為什麼她會自殺呢？」她附在我耳邊憤怒的聲音就像要隨時斷去氣息，那焦躁不安的深褐色眼睛直直進我眼裡。

沾濕的睫毛融掉了一些睫毛膏，那一絲一絲像墜進水裡的墨。

「妳似乎沒有想過這個問題嘛。」逐漸沙啞，逐漸感到火大，逐漸情緒崩潰。「有嗎？」

……

「吳允伶！」她大吼，逼我順著看過去，她手倏地指向屋內，說：「就在她死的前一個晚上她突然來我家，抱住我一直哭，說著『我錯了』哭了整整三個小時半。

她問我，是不是她做錯了什麼，才會導致妳的離開……我說，不是妳的錯，完全不是。

『那為什麼她不說任何一句話就走了？』想起那時候妳離開學校以後傳的訊息……我真的不知道該怎麼回應她……」

妳走了以後，蘇媛怎麼辦？關我什麼事。到現在我依然還記得自己說過這樣殘忍的話。

欸，為什麼呢？為什麼她會死呢？

妳多麼無情，對朋友毫不關心，甚至完全不放在心上。

全是因為妳吧？

是妳把她逼死的吧？

她死瞪著我的雙眼，像處在奮力不讓眼淚流出的倔強青春期，她捏緊拳頭，血絲從下唇透了些出來。

「打我吧，」

她瞠大雙眼，難以置信地看著我。

「也許真的是我的錯。」

——！

……被重重的，摑了一掌。

快些消消氣啊，魏俐安同學。

妳只是需要一個理由去發洩怒意和不甘心的心情，僅此而已。

妳我都知道的。

❖ ❖ ❖ ❖ ❖ ❖

到現在還在耳鳴。

「很痛。」撫著腫脹的左臉，我開口抱怨。

「抱歉，」她說，「我太激動了。」

「妳先把菸熄了吧，抽菸對身體不好。」知道我暗示不喜歡菸味，她這才踩熄，扔到房裡的垃圾桶，四周圍也有些許菸屁股和一些超商零食的塑膠袋、飲料杯子。魏俐安默默地一一撿起收拾。

「我買了麵線，吃點吧。」打開沾上些許湯汁的蓋子推了過去，她坐下後拌了一下稍微冷卻的麵線，安靜地進食。

屋子有點亂。

上一次來的時候水槽裡堆積的碗盤沒現在多，地板也不是踩著沙塵細髮的觸感，床邊堆起的衣褲散發某種淡淡的怪味，桌邊更不用說了，到處都是畫失敗的設計草圖、或是作品，也許是太大張了，連揉爛都懶得揉，任由窗邊帶進來的風吹落，不過更多是因畫者的煩躁而被掃落吧。

……說上一次也是好幾個月前了，那時候因為通識分組報告要討論而來到這間小套房。

「妳離開時課程的進度已經到了作品草模的階段，那時候我已經開始落後一段了，我很努力地想要補齊跟不上的進度。」順著我的視線看過去，她輕聲描述起我沒有參與到的時間，「老師退回之後告訴我再多思考想傳達的理念以及商業性就可以有很大的改善。」

「所以沒想到？」

「不，其實備案我也是有準備，後來也有想新的。」

「全被退回？」雖然只短暫待了一兩年，但不管是科系上還是在業界我還是知道的，老師和學生就好比客戶和案主，在這個階段奉上全新企劃還被退掉實在令人崩潰，尤其在為求速度的設計實務課程上，老師評分標準又那麼嚴苛。

她搖搖頭，沉默半晌後步去拾起其中一張粗略彩稿，說：「最後採用其中一份備案，是光雕夜燈，老師很喜歡，還私下詢問我有沒有想要找合作的團隊，他可以幫我介紹。」一張略小的紙張上畫的是為商品所設計的海報，主體當然是夜燈，旁邊有個看書的女孩子作為陪襯。

看我微微蹙起眉頭，知道我想問接下去不知所以的後文，她也沒拒絕開口，「我初步草稿好了，商品理念以及實用商業性質也可以了，商品結構大小距離都算好了，材料來源店家也找好了，所有設計商品的企劃結構都弄好了，只等商品做出，去攝影棚拍形象照一切就完成了事。」

但是為什麼中途就停止動作了呢？

她拉過圖稿，找了一枝筆開始畫起女模特的臉。

「我大概從呈上新企劃後就不再去上課，就算進到校園也只是去上通識課程，但也頂多上完一堂課就回來了。」她沒有看我，逕自畫著圖，「系上有人說，大概又有一個要走了吧。」

這個科系來來去去，大抵潛規則就是撐不下去或是志向不同的人多半選擇離開，轉學考過後又有一批立志在設計圈出頭天的熱血青年來報到。

當初我離開系所辦公室時，也隱約聽到類似字句。

「我怎麼也想不明白我會變成這副德行，不過現在似乎明白了，」

她把紙推過來，女模特原本只有粗略面貌的臉孔在經過加工修飾後變得更加清晰明確。

「大概是因為她吧。」

蘇媛垂眼微笑的樣子印在女模特的臉孔上。

「那妳會回去嗎？」

其實答案我多少知道，但還是想確認一下。

我希望她會回去，重新振作起來，只要有想振作的念頭，那些老師同學們都會幫忙的。

但沒有主動尋求幫助，不太有人會搭理跌在半途中的人，頂多慰問一下，就繼續往前奔走。

這個圈子就是這樣，大家都很忙碌，一路上追求著創意、速度與精準，怠慢下來可是致命傷，套一句殘酷的話：沒人想幫助未來不知是敵是友的人。雖然現在這樣說是誇張了。

這個競爭社會就是如此，碰壁了、受傷了，都必須靠自己站起來。

就算現在還處在大學階段，也已經離社會生活有不遠的距離。

多數人都心知肚明。

「雖然我很想回去、重新振作起來，證明我並不是因為課業而放棄……」

「……」

「我想我會轉學，不過這時間點休學要再辦理轉學可能要到明年暑假了。明天我要把休學申請書寄回家簽名，大概後天就能呈交上去。」
略過了中間原因，直接給我她接下來的打算。
「會搬回台北嗎？」
「目前暫時不會，打工還在這裡，我得先處理好晚些時候再回去。」
「明白。」
這頓晚餐吃了很久，魏俐安把吃到一半吃不下的麵線冰進冰箱，打算明早熱了當早餐。有事情再打給我，到明天下午為止我都還會待在這裡。我告訴她。
她苦澀的扯扯嘴角，再一次為摑巴掌的事道歉，先前那悲憤的神情早已淡然，希望這是好事。
我走下公寓，沒有看見那隻瘦弱的小狗，而天已經黑了。
寒流聽說大後天要來，大概會更冷。

❖ ❖ ❖ ❖ ❖ ❖

從床上醒來，我眨了眨有些模糊的雙眼，壓著軟綿的床鋪坐起。
鬧鐘怎麼沒響！現在幾點了？緊張地滑開床邊的手機，發現還有一分鐘鬧鐘才會響起，鬆了一口氣後我倒回床上，開始回想方才的夢。
每一個早晨，醒來之際的習慣：回想夢境的情景，查詢解析。
雖然這個習慣看似有些滑稽，但我總覺得要在時間內查詢才能保有新鮮的夢境含意，也僅僅只是想滿足好奇心罷了。

剛才……似乎是有點混亂的場景，有三三兩兩個人，在交談的、在竊竊私語的，他們的臉一片純色模糊，分不清性別，也聽不清楚他們在說什麼。

隱約只記得一句話和一張在我面前放大的純白色臉孔，好像是說——

清脆響亮的音樂刺進耳裡，手機螢幕上大大的顯示時間數字。

壓回差點吐出嘴裡的心臟，我翻身下床，走進乾淨無比的浴室。

噢對，我現在人在外面。

要是家裡的浴室才不會這麼乾淨呢，不知道旅館的清潔人員都用什麼牌子的清潔劑？一邊在心裡發表無聊的浴室評論一邊梳洗，稍微吸乾臉上的水分坐上馬桶。

咦？對了。

剛剛起床前我要做什麼來著？

「您好，我們是蘇媛的大學同學，敝姓魏，這位是吳小姐。」

早上在旅館吃過早飯，跳上街口的公車過兩站和魏俐安會合，一起去蘇媛的家裡上香。

她家在縣市的邊緣區域，從市中心到達那裡需要將近一小時多，但公車走走停停，因此又添了更多時間，早上八點多上車九點多才到附近的公車站牌，還得走一小段路才能到達蘇媛老家。

意外的，她家的屋子並非想像中的三合院，而是獨棟的小別墅，稱不上新也稱不上舊，看來認為邊緣區域都是鄉下三合院的觀念似乎大錯特錯。

門前掃得很乾淨的水泥地還可以停下三輛休旅車。

一位從靈堂內走出來穿著樸素的婦人詢問我們的來意後便領著我們來到靈堂上香。

婦人轉身點了香火，遞給我們一人一根，稍微簡單拜過之後，婦人遞給我們杯水飲用。

「剛剛……妳有對她說什麼嗎？」倚靠在支撐棚子的鐵桿旁，魏俐安刻意避開我的視線，像是隨口問道。

我搖頭。

「喔……」

看來她記得昨天的事，想必今早要出門時都是百般糾結，想著該如何面對她昨晚任意責怪的人。而且是好久不見的老同學。

其實現在也不算同學了。

近五個月沒有聯絡，休學以後撥來的第一通電話是曾經很要好的……同學的死訊，那略為淒滄沙啞的女中音無意識地指責我，直指害死人的兇手就是我。

我感到抱歉，卻不明白自己錯在哪裡，當下只是想讓她冷靜消氣，於是承受了皮肉痛。

看了看四周，雖說是假日卻也沒什麼人來訪，就只有我、魏俐安和那名略顯蒼老的樸素婦人，「她是蘇媛的母親嗎？」我問。

她搖頭，說沒看過。那應該是親戚吧，不過似乎只有她一人在顧著靈堂。

「我去一趟廁所，出來我們就離開吧。」

把喝盡的水杯捏扁扔進公共的大垃圾袋，詢問了一下婦人廁所位置，她看了我好久才指個方向。

「大門進去直走越過客廳往左手邊就可以看到。」

他們家的大門是鐵製拉門，推開之後脫鞋進入客廳，稍微打量幾下，東西不多，除了沙發茶几電視和角落的一些物品，再多就是牆上的鐘。

有些吸引我的，是堆積在角落的那堆物品最上方，有一只狗項圈，有一半染上了怪異的深色痕跡……

「妳是誰？」

「！」

不是方才的婦人，是一位更為年輕的女人，她正死盯著來路不明的人站在她面前，乍看有些熟悉的面孔蒼白的像一張紙，配上深色的衣著更顯得詭譎。

「……我來看看蘇媛，有點內急想借個廁所。」

冰冷空氣中瀰漫著不討喜的尷尬。

女人依舊盯著我看，像是要把額頭燒出兩個洞似的死盯，令人渾身不舒服。

「妳是誰？」重複剛剛的問題，提醒我沒有回答正確答案。

「我是她的同學……」

「同學？」她微微睜大眼，確認般的逼近，一股無名壓迫襲來。

「對。」

「不是朋友？」

「不是。」

那一剎那，總覺得回答是朋友就會發生什麼。

過了好一會，她怪異的神情放鬆下來，不過身體看起來有些顫顫地，不知道是不是在警戒來人。

「她……很多朋友嗎？在學校……」

不同於方才的緊迫盯人，她微微低垂著頭喃喃自語。

「……是蠻多的。」我有點緊張地回答。在這裡只有我和她，所以她應該是在問我才對。

「……是嗎？」

接著她咧開略為失去血色的嘴，發出自嘲般的輕笑、大笑、狂笑，那恐怖的笑聲如雷貫耳，眼前的年輕女人像瘋了一般，掩面擠壓自己失控的表情，未果放開，轉而抓住我的肩頭，幾根頭髮被緊緊和肩膀抓在一起，我痛乎出聲，那力氣大得不像話。

她瞇起眼，誇張的笑容瞬間轉成微笑，淡淡的，卻潛有一股悲傷在。

「真是不公平，」她說，「但是，也很好。」

年輕的女人像是失去所有力氣般地倒在我身上，突如其來的重量使我摔向後方雜物堆，頭也撞到牆上發出好大一聲，雜物堆有些東西被我撞開四散，其中那個染色的狗項圈從我旁邊滾到了遠處，最後碰到長椅腳倒了下來。

婦人說，那是蘇媛的母親，從很久以前就會開始像剛才那樣發作，結婚後更是嚴重。

我想大概是精神上的問題吧。

可是唯獨這一次是以昏厥收尾，一時之間婦人也慌了，趕緊要魏俐安叫救護車，等了一段時間後婦人隨同蘇媛的母親搭著救護車離開，在離去以前我將鐵柵大門關上。

因為等待救護車的時間而錯過了公車，下一班還要等個一小時，於是我們依著手機地圖上的路線前往另一個較遠的公車站牌。

這裡沒多少人車在路上移動，馬路兩旁的房子也不多，幾乎看不到連棟住宅，反倒是農地居多，放眼望去視野還不錯，偶爾會看見麻雀八哥之類的野生鳥類在馬路上跳來跳去，我們一走近便啪啦啪啦飛走。

走在後頭的魏俐安問我何時走。昨天回程票買的是下午時間，我問她怎麼了。

「……」她伸手遞給我一串鑰匙圈，有三把鑰匙和一個音符造型的吊飾。

「這什麼？」

「剛剛那位阿姨塞給我的，說去看有沒有什麼東西是放在她那裡，不然幾天後就要全部清掉退租了。」

那麼久還沒清掉，也許是因為這幾天的喪禮吧。

我接過鑰匙，金屬製品特有的冰涼在掌心擴散開來。

「謝了，我——」

「我不去。」

「欸？」

「那種地方，我不想再去第二次。」

……我還以為，她會想再過去呢。如此斷然地拒絕真是出乎意料。

把鑰匙收起來，跟上超前我腳步的人。

謝了，我不需要。

完整想說的話啊，剛剛，但是被打斷了，也許她以為我想說得是「謝了，我們一起去吧」，但其實不是。

我不需要。我不想去，一點都不想，就算有東西在她那裡，可只要一想到她那裡可能會有什麼我再也不想看到的東西，就完全不想她到那個區塊一步。

「嘿，這些還給妳，妳回來好嗎？」

她那楚楚可人，泫然欲泣的神情使當時的我微微動怒，一件一件事疊在一起令我焦慮煩躁。

我至今都忘不了，那罐子裡裝的是什麼。

多麼噁心，她多麼理所當然。

❖ ❖ ❖ ❖ ❖ ❖

蘇媛有個特別的習慣。

某天的中午我們上完課，大伙不約而同地到地下室的早午餐店吃飯，她比我先下了樓，因此佔到了靠邊的位置。

「老師也說明太久了，妳不會覺得只是在浪費時間嗎？三個提案直覺選一個就好了嘛。」蘇媛端來新推出的咖哩飯，挖了一大口吃下，「噁，絞肉。」

咖哩飯放絞肉真奇怪。我有些慶幸的啃著三角飯糰。

「我倒覺得他是一位還不錯的老師，講解的很詳細。」

「他選哪個？」

「整套美髮工具改良設計，意見一致。」

「還真看不出來妳會對這方面有興趣。」她挑挑眉，一邊把飯中的絞肉挑出來放到一張四折的面紙上。

「……只是剛好就往那裡走了。」

「不是剛好吧。」

「嗯？」什麼意思？

「就像物以類聚啊，妳自己應該知道的才對。」她頭也不抬的拋出一記抽象球。

「我不懂。」

「同類人吸引同類人——看看我們。」

「……我可不會這麼容易挑到不合己意的東西。」我指指那堆成一座小丘的絞肉，沉默一會，蘇媛與我相視而笑，繼續她的挑肉工程。

晚上才有課，因此午飯後她拉著我去逛街，也不知道有什麼好買，就努力想想自己最近缺了什麼，於是就買了一本書，在被客人紊亂排放的書架中被壓至底，抽出來發現是稍久以前很好奇的某一本小說，就拿到櫃台結帳。蘇媛則是買了香精瓶與薰香，她說自己房間老是有一股怪味，其他就不得而知了。

仔細回想，第一次到她家時她房間的確有一股說不上來、淡淡的奇怪味道，自己從來沒聞過，不過因為香精與薰香濃烈的味道很快就使嗅覺麻痺，我也沒想太多，進屋聊天去。

蘇媛有個特別的習慣，房間一定要點薰香，而且量是一般人的兩三倍。

但是到最後因為受不了太過濃烈刺鼻的薰香味而多次拒絕邀約拜訪。

現在想想真是太好了。

如果去過太多次，也許會不小心發現她的祕密，讓自己葬身在如迷幻藥般的香味底。

當然這只是猜測而已。

❖ ❖ ❖ ❖ ❖ ❖

下午四點五十分，火車站前的公園。

票上顯示的是五點十分的車，提早到達的我在車站內的超商買了一條餅乾到公園嗑。

「鑰匙不用還給阿姨。」

滑開手機螢幕保護程式，是幾小時前傳來的訊息，內容說明蘇媛的租屋處被他人續租，並表示不用清掃，對方會自行處理，門鎖也打算更換，因此手上的鑰匙圈幾天後等同無用。

難道阿姨不會反對嗎？畢竟是親戚小孩的私人物品，說扔就扔不太好吧。「我也問過，阿姨只把鑰匙交給我說想處理就處理吧，所以我就把一些私密的個人資料處理掉了，剩下也沒什麼。」魏俐安說。「她房間裡的東西意外的簡單，和本人有些差距。」

乍看之下還以為是男孩子的房間，和外型甜美可愛的蘇媛一點也不搭。

「知道了。」

「妳不在意她有沒有留什麼東西給妳嗎？」

……

「她有留什麼嗎？」其實我完全不認為她會留東西給我。

「沒有，連字條也沒。」

「……那前面就不用問啦。」

「我只是問妳在不在意——

呃抱歉，我又來了。」

為什麼她會自殺呢？妳似乎沒有想過這個問題嘛。

「無所謂。」

「就別再去想那些問題了，通通忘掉吧。」

從相遇，到死亡，通通忘卻吧。

「我會的。」

五點零三，走去月台時間剛好。我起身收拾垃圾往火車站走去，途中丟進夾雜許多資源回收物的一般垃圾桶，通過檢票口，第二節車廂在遙遠的另一頭，我快步繞過人群前行。

忘卻吧。忘卻吧。

從高中的相遇開始至得知死亡訊息的那一刻，通通忘記吧。

無論多麼難得，多麼不捨，吳允伶妳都必須忘記。

腳步加快，呼吸跟著急促起來。

往事跟著浮現，家庭的，與蘇媛的。

忘卻吧。忘卻吧。

從相遇，到死亡。

僅有忘卻，才能舒坦的活著。

「列車即將進站，敬請不要靠近月台邊，以免發生危險。」

離開這裡，盡快離開這裡。
車門開啟，旅人下站，旅客魚貫而入。
手機傳來急促的震動。
「喂，請問是吳允伶小姐嗎？」
「……我是。」
「我這邊是I市警署分局，請問您現在方便到I大醫院配合案件偵訊嗎？」

第二章

明亮的大廳開啟了數盞燈，準備迎來迅速褪去光亮的黑暗，人們毫不在意的在繳費處以及領藥窗口來回奔走。下午近晚餐時段，略顯疲憊的家屬三三兩兩的擠進大電梯前往地下美食街，有些則選擇醫院外街道上的餐食，每間餐館幾乎都占滿了人。

紅磚地鋪設的人行道路邊上有位老先生專注地盯著紫色的小花。

我來到急診處，坐在門口邊藍色塑膠椅上的婦人看起來好疲倦。

儘管在台灣健保制度下，醫院看起來極似一間占地廣闊生意興隆的百貨商場，但內部充斥著疲倦與疲勞，來到這裡很少有人能充滿活力。

婦人僅是看了我一眼，警方的人就走過來，先說聲不好意思占用時間，麻煩了。

蘇媛的母親死了，初步研判是食物中毒。

而昏厥當下我是第一位接觸者。

「詳細死因要等解剖之後才能得知。」警察先生嚴肅地說道，非常直白完全不近人情，也許我被列為頭號嫌疑犯了也說不定。

當時為何在那裡呢？去給過世的同學上個香。上完香之後繼續待在那裡？等公車打發時間。什麼原因進到了家屬屋內？內急想借個廁所。是在哪裡遇見死者？

「哪一個？」

「……周心靚。」

「門口進去的客廳，當時我正好奇看著角落的雜物堆，對方就出現了。」

「雜物堆？」

「嗯，很多雜物堆起來的雜物堆。」

「這我當然知道……是什麼東西吸引妳過去？」

「狗項圈。」

「您有印象嗎？」警察先生轉頭詢問坐在一旁的婦人，婦人偏頭想了一下，點點頭：「以前她們家裡有養狗，也許是那時候買的吧，但後來不知道什麼原因失蹤了。」

警察先生表示明白，在小巧的深藍色皮封筆記本上書寫字句，接著又問了後續發展，訊問才正式結束。

他們說，有需要會再傳訊通知我。

聽了其實心裡很不舒服，覺得不公平，很不是滋味，當下我也以毫不在乎的態度回應，嘛，管他的，誰叫浪費了我車票錢，四小時的路途這時候還不一定有一路直達的座位。

我決定在這兒吃一頓再回去，以解解心頭上的不舒坦。

「吳小姐，您趕時間嗎？」

婦人向即將步出大門的我搭話，我略為訝異地回頭，她說想一起去吃個飯，和我聊聊。

遠方尚未離去的警察先生看了過來，似乎在觀察我的舉動，好像我會隨時犯案一樣。

打算吃完飯再離開。我說。無視疑惑的數雙眉目。婦人點點頭，帶著我搭上一輛計程車，車子駛離醫院門口，暫時擋去那些惱人的視線。

窗外傍晚的色彩，為寒冷的天空更添冷意。

❖ ❖ ❖ ❖ ❖

最終我們在一間不太起眼的小麵店落腳，人不多，也許是因為開在小巷子內的原因，菜單上的品項也沒有很多，我們點了兩碗小份麻醬麵、排骨酥湯與餛飩湯。麻醬的味道很好，麵條順口湯汁也不會過於乾澀或濕潤，排骨酥很香，但湯有些油膩。

是有什麼事吧？開吃幾口，我儘量輕聲地放下筷子，耐著聞香腹餓，看向默默吃麵的婦人，她頭也沒抬，只是低著頭緩緩的吃飯。

過了一會兒，對方似乎也沒打算解釋晚飯邀約的主要原因，於是我再度動起筷子吃食，往填了些食物的空胃袋塞去。

她吃得不疾不徐，甚至有些慢條斯理，對於蘇媛母親的驟逝，她似乎不受影響，真要說的話，她頂上明顯染過的髮某部分比起剛見面時又更為灰白一點，不過可能也只是我的錯覺，兩次見面的時間間距太短。

四十八歲，對世事有些淡漠、有些頑固的中年婦女——擅自冠上我臆測下的定論。她給人的外觀看起來就像是和人群有點脫節的傳統派，面對自己出乎意料的事會顯得慌亂，但也總是很快就能鎮定下來，開始思考這是否符合邏輯，不合邏輯就視而不見。我不禁猜測起她的身分。

蘇媛的親戚，阿姨姑姑舅媽或嬸嬸，也可能不是，今天是初次見面，只知道她在蘇家顧靈堂，或許她是喪事的主辦者、不，也可是蘇媛的父親負責，但就剛好這天有事先離開了一會兒，不然蘇媛沒有人顧怎麼辦？婦人就在我對面嚼麵條呢。

……可是蘇媛的母親出了事，沒見一家之主的影子。

蘇媛的父親去哪裡了呢？

完食要付帳時煮麵的人說剛點菜已經付過了，才發現自己的那一份也被付清，盤點算清自己的那份後掏出錢來要還給婦人，她婉拒說才那點別計較了，轉身往外走。

天色暗了，明明才下午六點多卻已入夜，巷子裡也有幾間吃飯的地方亮起了燈，吸引人們前去果腹，或享受。

「豆花，要吃嗎？」接近販賣豆花和一些小食的小攤子，婦人問道，我連忙搖頭，再這樣被請下去也很不好意思，她沒說什麼，點了一碗花生口味的熱豆花外帶。

還是沒有表明晚飯邀約後頭的涵義。

「您想說什麼？」

我單刀直入地問了，走在稍前的婦人頓了一下，指指前方示意到那裡說話，前方是堤防。

❖ ❖ ❖ ❖ ❖ ❖

「吳小姐，我猜您正在猜測我的身分，為了避嫌我就先簡單自我介紹一下，我是蘇媛的姑姑，叫蘇惠，恩惠的惠，很多親戚說我是都不結婚的老頑固。」

「我一點都不覺得您是，還有，對我不需要敬稱，擔當不起。」

「那麼我該如何稱呼您呢？」

「吳小姐或吳同學就好……不需要的是那個『您』。」

「您？」

「對。」

坐在越過堤坊一小片河岸公園的木製長椅上，蘇惠呼出長長的一口氣，在寒冷的空氣裡形成一團淡淡的白霧，雙手捧著熱豆花的塑膠碗取暖，穿著單薄不甚厚暖的外套。

「吳小姐，蘇媛是個怎麼樣的一個人呢？」

……什麼？

接到我疑惑的表情，蘇惠才想起方才的問句漏洞：「我的意思是，就妳以朋友同學和她相處的認知來看。」

同學……以同學的身分嗎？

「很可愛，很有活力的女生。」

聽完這過於簡潔的回答後，蘇惠若有所思地低頭想著什麼。

「我認識她約有二十多年了，沒想到從家裡搬出去後就變這麼多，若是依妳的說法。」

「什麼意思？」

「她們家，從五年前就是我在照看的。」打開了熱豆花的蓋子，蘇惠把那碗還冒著淡淡白煙的豆花放在我和她中間，開始說起似乎很長的故事。

「當然不是一開始就這樣，剛開始，蘇媛的爸爸——叫蘇胤，和媽媽——周心靚透過聯誼認識結婚，在婚前努力存錢的蘇胤在外面買了一棟小房子，隔沒多久周心靚生了個小孩，未婚有子這件事家裡雖然不是很同意，但在蘇胤勸說下大家也就接受了，雖然作為長女的我不太同意，但在重男輕女的家庭裡有誰會聽我的呢？畢竟是弟弟的成家大業。

……抱歉，後面那段話是個小抱怨，雖是勸說但也只有說那麼一下子而已，其實在我看來他是看在自己份上才說，因為無論怎麼看，他都不像是會特別關心他人的人，更別提愛情，他可是在宣布要結婚時才把女方和小孩帶到家裡來，在那之前我們從沒見過呢。」

印象裡，初次見到周心靚是在今天，皮膚蒼白，精神不太穩定，仔細看會發現真的和蘇媛十分相似，若略施妝扮會是一名看不出歲月刻痕的美麗女人。

「那時候周心靚和現在很不一樣：給人的印象是溫柔賢慧的美人，抱著還小的蘇媛，那畫面散發出一種和諧的氛圍，看著都覺得溫馨。

但是他們結婚後一兩年，關係好像開始變調了，周心靚時常跑來蘇家找我詢問蘇胤以前的事，也問了一些很奇怪的問題，比如他的興趣、他的專長、他的在學時期等等，這些本該是交往或交往前就應該要知道的事，她來了很多次，也連帶問了很多次這些問題，不斷地向我確認，還有其他蘇家的人。

我們開始覺得奇怪，家中大家長更是首先對她的問題提出質疑，因為她問到了錢。

蘇胤的本金有多少？在學時期打工兼職賺的錢到哪裡去了？蘇家中的存款有沒有減少？在獨立蘇胤的稅金前報稅時蘇胤的總稅額是多少？反正是只要有關「蘇胤」和「錢」都輪番問過一遍。

問她為什麼問這些？她也答不出所以然，支支吾吾地好像在隱瞞什麼，或是不想說出來，只是一直強調『不要告訴蘇胤』。

她的行徑實在很可疑，家中幾個人還是覺得要和蘇胤反映一下，不然自己也很困擾，最主要還是長輩父母的臉色已經不是很好了。

他們推我去問，可能是因為周心靚從一開始就是找我問有關蘇胤的事，其他人只是順帶問一下而已，總之我還是以委婉的方式問了回老家吃飯的蘇胤。

『因為給的零用錢突然增多，她才會懷疑我的財務收支吧，關於我以前的事我會再跟她聊聊，她這個人太健忘啦，上次的晚餐她還忘記調味呢。』

蘇胤給的答案大家都半信半疑，表面上點頭說瞭解了實際上還是在懷疑周心靚。

——懷疑周心靚，而不是蘇胤的答案。」

沒有人懷疑蘇胤，因為屬於陌生外來者的周心靚行動過於可疑，反倒讓其他人的疑惑心態過深，而不會去注意到蘇胤回答裡的可疑之處。

為什麼零用錢增多？這種事情問一下當事人就可以知道，但為什麼周心靚沒有問自己的丈夫而是問蘇惠？有關丈夫的私事也是問一下就行了為何還要大費周章地跑來問人？兩人在交往之前多少都會知道吧，就算是因聯誼認識也會完全不曉得嗎？

「剛開始我和其他人一樣，依舊懷疑著周心靚，但同時又隱約覺得哪裡不對。」

說到這裡蘇惠突然安靜下來，微微側過頭沉默，也許她是在試著想起後續。

來到這裡時，路燈以及嵌在步道旁的照明燈皆已亮起，一些人在這裡散步、也有些人像我們一樣坐在這裡聊天，可能是因為冬天的關係人們待的時間都不長，很快就走了，放眼望去，仍待在公園的就只有遠方做操的人、和坐在長凳上的我們。

「不好意思？」見蘇惠停頓的時間有點久，我試著叫喚，她猛地頓了一下，然後快速轉身過來面對我，差點弄翻了早已冷掉的豆花。

「呃、對，剛剛說到……說到……」

「沒有人懷疑蘇胤的答案。」我說。

「啊！對！」蘇惠的驚呼在之後顯得格外尷尬，為掩飾不自在，她趕緊說：「抱歉，剛剛分神了一下。」

那是有些懊悔的表情，「他的答案怎麼了嗎？」

「……」蘇惠佈有細紋的雙手在衣服上摩搓、緊緊攥著，「我只是在想，如果那時候我有更進一步去注意那些異常就好了……」

「……」

……異常……

他們可能都是我害死的。蘇惠將快要崩潰的表情埋進雙手裡，哽咽低聲說道。

❖ ❖ ❖ ❖ ❖ ❖

五六個在附近商圈逛完街的學生們吵吵鬧鬧著，討論隔日的功課，抱怨煩惱並大啖吃食紓解繁重的課業壓力，若我是那其中一份子，我會祈禱公車別準時到達，因為到家就要開始念書了。

靠近商圈那裡有個公車站牌。為我指路的蘇惠在拒絕我陪同護送到家的提議後，繼續坐在河堤長椅。

她那碗豆花冷了，上面飄了一小片枯葉。

那是給誰的？當時我問，既然買了自己不吃，那肯定是代表著什麼吧。

蘇惠訝異地看著我，問妳不知道嗎？妳應該要知道的。

我尷尬地搖搖頭，她瞠大雙眼彷彿不可置信。過一會她收緩情緒，說這麼晚了，妳回去吧，路上小心。

不好意思再繼續追問，我揮個手就離開堤防。

好的，我該想想今晚要回去還是待在這裡找間旅館住宿，早知道就不要答應晚餐邀約，這麼晚火車的長途班次應該剩沒多少。無論如何，先坐到火車站附近再說。

那種車款，今晚一直在附近徘徊呢。和我一樣等公車的其中一位男學生說道，他們嘰嘰喳喳地從討論數學問題一下子變成了想像那輛車今晚會在這附近一直徘徊的理由。看中某一戶人家啊，觀察逃跑路線啊，迷路找不到回去的地方啊，警察在跟蹤犯人啊等等。

跟蹤……犯人？

犯人在這裡嗎？女學生狀似驚訝地叫著，其他人聽了一同笑了起來。其實你昨天偷去網咖齁？互相開著對方玩笑。

是我嗎？不、不對，我不是犯人，犯人不是我，我當天才第一次見到周心靚，沒理由也沒時間在她的吃食裡下手，而且短時間內他們就已經檢驗出是他殺還是自己所為了嗎？這不可能這麼快，而且這裡離醫院有一段距離。不過，可能是因為我是第一個目睹死亡現場的人，所以才會被認定的吧。

目睹……死亡現場……

胸口好像被什麼緊緊掐著，變得難以呼吸，眼睛像是被什麼突然燻到變得非常不舒服，頭也跟著痛了起來。

好像、回到了那時候——

「喂！」

一聲叫喊在轟轟作響的引擎聲穿透而來，一輛疾停在我旁邊的機車騎士塞給我一頂安全帽，拐了個彎背對公車站牌。「上車！」

「啊？」我抱著全罩式安全帽愣在原地，被這突如其來的不速之客搞得一頭霧水，而且公車來了。

機車騎士見我站在原地不知所措，咋了嘴下車搶過方才塞在我手裡的安全帽往我頭上罩，一把拽住我讓我上車。

「妳被人跟蹤了。」

魏俐安不耐煩的聲音在扣下安全帽時傳進耳裡。

我可能真的是被當成嫌疑犯了。

「坐好。」

我緊緊抓住騎士的衣服，不敢去看後頭的動靜、或詳聽學生們疑惑的私語。

在小巷拐了幾個彎之後，魏俐安趁隙不知從哪變出的黑色風衣塞給後座的我，冷冷大風中我趕緊穿上，連同背包一起罩著。

莫名其妙。

我埋怨似的在心裡碎念。沒想到電影中的警匪追逐戰真的和現在差不多，只不過我們不是在大馬路上奔馳就是了，在這種街道裡拐來彎去真是每一刻都讓人心驚膽顫，下個路口都不知道會不會有警方的人出現。

魏俐安似乎知道該往哪裡走，每一次轉彎都是毫不猶豫，儘管如此也嚇到很多路人，眼角還瞥到有人受到驚嚇而捏爆飲料杯，衣服上沾著疑似粉圓的粒狀物。

我瞄了眼後照鏡，那輛車已不見蹤跡，大概是被甩掉了。

拉了拉魏俐安的衣角，她點點頭，轉進另一條不知名的街巷，在一條防火巷前熄火，等我下車後悄悄牽進防火巷裡，接過脫下的安全帽塞進車肚，領著我往前。

在一扇格窗鋁門前敲了敲。

來應門的是一位男人，長相很斯文、帶有一種高貴的氣息，和這狹窄暗沉的巷子格格不入，他開門無語，關門也無語，就算如此還是能從他臉上看出心不甘情不願的樣子，似乎又帶點疲累。

大概是想拒絕卻又無法的處境吧。出於禮貌，我向他說了聲不好意思，但他沒有任何回應，也許是沒聽到。

我們通過一個黑漆漆的地方，推開拉門迎面而來的是另一個寬敞的空間，雖然只有吧檯和剛走出來的地方有燈光，但餘光下還是能看清餐廳的擺設與裝潢：有大片的窗戶和玻璃門，漆黑的鋼骨結構裸露，和溫暖的木頭桌椅面、書架、展示櫃形成對比，吧檯後的牆上嵌了兩個櫃子，兩邊各擺滿了酒瓶和各式玻璃杯子，看來這是一間走現代工業風的個性餐廳。

「不要亂碰任何東西。」

剛剛領我們進來的男人不悅地出聲提醒，魏俐安聳聳肩，把剛脫下的安全帽毫不客氣咚地一聲放在離最近的桌子上，換來瞪視的火光。男人穿過吧檯後的門帘。

「他是……？」脫下風衣，為避免遭到同樣的瞪視待遇我拿在手上，問了坐在一旁整理被風吹亂髮尾的魏俐安。

「最近認識的朋友。」她說，「我等等問問看他們可不可以先讓妳待在這裡，反正他們也還沒正式開幕營業，等危險暫時過了——」

「待在這裡？可是我想要今天就回去……」

「妳白癡啊？剛剛都被人跟蹤了，別說今天，明天都不可能回得去。」

「不過就只是跟蹤而已，有這麼嚴重嗎？」

「而且——」她拉高音調，「這幾天待在這裡比較好吧。」

……也是，如果警方有事要問也是親自到會比較有說服力吧？如果他們要我再回來坐長途車也是蠻麻煩的。

「可是，不一定非得要待在這裡吧？我也可找其他地方。」

終於梳理好頭髮的魏俐安抬頭挑起眉，「喔？好啊，到時候又被人跟蹤妳就自己甩掉，我不會幫妳。」

「又不是跟蹤狂，去說一下不就好了。」我抗議。

「既然不是跟蹤狂，那妳覺得是誰跟蹤妳？」

「警方之類的，因為下午我——」「妳剛剛有聽到任何警車的鳴笛聲嗎？看到警車了嗎？」

鳴笛聲？剛剛在路上的時候……那輛車……

她一邊嘴角緩緩勾起，嘲笑般地看著我。那個表情像是在對我說「我贏了」，頓時間我不由得惱怒起來，被當白癡的感覺很差。

一盤點心重重放在我和魏俐安之間的桌子上。

「老闆新作，請妳們試吃。」剛才的男人皺著眉說，「還有，這裡禁止大聲喧嘩。」

魏俐安拿起一個雞蛋糕炫耀般的吃起來，我發誓我很想將剛剛吞進去的髒話吐出來。

他又瞪了魏俐安一眼，表情很臭。他們是有什麼心結嗎？

點心圓圓澎澎的，一個約莫成人握拳大小，有著黃褐色的外衣，味道聞起來很像隨處可見的雞蛋糕。

餐廳賣雞蛋糕？

「請儘量吃別客氣，廚房裡還有，今天不小心弄太多了哈哈。」看起來是老闆的人脫下圍裙擦擦手後走了出來，不知從哪變出另一個雞蛋糕，外皮顏色更深一點，問都沒問直接塞進臭臉男人嘴裡。「新口味，第一個讓你吃。」

受到驚嚇的男人咬下一口後捶了嘻皮笑臉的老闆一拳。

他們是朋友吧？不然就是店家合夥人之類的。看起來年紀相仿，氣質卻不太一樣，臭臉男人給人的感覺是個高傲貴族，嘻皮笑臉的老闆則是有為好青年結合潮流書生。

「味道怎麼樣？」他輪流看著我們和表情飄向旁邊地板的男人，有些興奮地問著。

「好吃。」魏俐安難得露出笑容。

「味道已經可以了，就是太大，你確定要在酒吧賣這種東西嗎？」臭臉男人吞下一口後才作出評價發言。

「很酷啊不是嗎？這肯定會成為招牌吸引一堆客人的！」

這裡是酒吧?!

酒吧賣雞蛋糕?!

這麼大一個?!

「呃，我不太吃甜的。」不好意思地回應熱切的招待，我歉然道。

他點點頭，盯著我數秒，在我出聲疑惑前他突然迸出一句：「男人的雞蛋糕。」

「……呃、什麼？」

「男人的！雞蛋糕啊！」

「咦咦？」我看見老闆眼裡有難掩的興奮熱情，讓我既驚嚇又滿頭問號。

「他問你點心的名字。」塞進最後雞蛋糕的殘體，臭臉男人冷冷地拋過來一句疑似善意的提醒，然後低聲咕噥，「真是有夠沒品味……」

男、男人的雞蛋糕嗎？聽起來好奇怪但是跟老闆熱血的形象挺搭的……老闆你不要一直這麼期待地盯著我看我覺得好恐怖。

「江湖煞氣雞蛋糕怎麼樣？」

坐在一旁默默吃剩一顆雞蛋糕的魏俐安提出建議，老闆立刻將注意力轉到魏俐安那邊，鬆了我一口氣。

「不錯欸聽起來超酷的也很符合商品形象，」雙手一拍，熱血的老闆馬上接受提議，轉向一旁倚靠在吧檯邊滑手機的臭臉男人，「凜軒你朋友真的很酷欸！」

看到魏俐安勝利般的表情，男人的表情更臭了。

在手機記下菜單之一的江湖煞氣雞蛋糕後，老闆回過來問我名字，我自然報上。

「我是這間店的老闆，謝正良；他是我朋友，蕭凜軒。」他指指臭臉男人，叫蕭凜軒的臭臉男人緩和了情緒，朝我這裡點頭示意。

「這間店是酒吧嗎？」我道出了我的疑惑。

「下午是咖啡廳，晚上是酒吧。目前還在裝潢整備階段，預計下星期試營運，請帶親朋好友來捧個場，竭誠歡迎。」

「有空當然會。剛開始我還以為這裡是餐廳。」

「我們這裡也有賣一些輕食，應該也算某種形式的餐廳。」

「原來如此……先預祝你們生意興隆。」

「哈哈這份祝福我就不客氣地收下啦。啊啊對了……」

謝正良拉來兩張椅子，示意我坐下，自己也反過椅子雙手撐在椅背上面對我們。

滑手機的蕭凜軒也停了下來。

「所以，」收起方才的嘻皮笑臉，謝正良淺笑看著我們，氣氛登時冷下，「這麼晚來訪打擾我和凜軒美好的獨處時間，是有什麼要緊事呢？」

魏俐安看向我。

「窩藏逃犯。」

老闆呆了幾秒，接著一副懷疑自己聽錯的表情。

「開玩笑的啦。」看見謝正良驚愕的表情越來越不妙，魏俐安趕緊把話說清，「她剛剛被人尾隨跟蹤，這麼晚了也沒車子可以回去，就讓她在這裡避避風頭再走。」

「不去報警嗎？」謝正良有些奇怪的提問。

「目前來說，很麻煩啊。」她瞥了我一眼。

……

有股怪異的感覺，卻又說不上是哪裡怪異。

……

「我可以付租費，或是以工換宿。」我思忖半晌，直截了當地談起條件來，「最主要原因是我在這裡還有事情要處理，想省點住宿費。」

眼角餘光映現魏俐安微微驚訝的口型。

「可以是可以，反正這裡也還沒正式營業，只是為什麼還在這裡？我們今天才第一次見面，沒有什麼顧慮嗎？」

「當然是因為這裡『尚未』營業啊，隱蔽性較高。」魏俐安笑了笑，說：「而且你們絕對不會做多餘的事。」

「……這麼信任我們啊。凜軒你覺得呢？」謝正良頭也不回地詢問靜默不發言的男人。

「隨便。」

然後，瞥了我一眼，就先從後門回去了。

第三章

——員工休息室裡有淋浴間，附近有自助洗衣店，有什麼事就電話連絡，我人就在樓上。重點大概就這三項，其他謝正良像個老媽子一樣講了很多，不過都不太重要，反正我也忘了。最近不知道是不是因為事件的關係，我遺忘事情的速度又開始增快，只不過比以前好點，不是一整片空白連當下在做什麼都不清楚。現在比較重要的事多少還是記得的。

魏俐安問我明天的打算，並順帶問起剛剛所說的「要處理的事情」，我告訴她只是有些事想弄清楚而已。

休息室不大，有個附門板的五斗櫃、一張沙發床、一盞落地燈和小小的廁所兼淋浴間，裡面有扇霧面玻璃的黑框老式窗戶。

現在是冬天，雖然背包裡為了以防萬一還是多準備了一套衣服，昨天的換洗衣物也在旅館洗過烘乾了，我還是決定只沖個澡、更換內衣褲就好，畢竟一天分的沐浴用品很快就使用完畢，而且總不可能用牙膏來洗身體。

打開落地燈，拉著謝正良出借的毯子蓋到腿上，我翻開隨身攜帶的黑封小本子，趁著溫熱的記憶尚未遺忘，記下今日所有聽到的資訊。

所有、從頭、到尾。

❖ ❖ ❖ ❖ ❖ ❖

二十幾年前，蘇媛的父母透過聯誼認識結婚了，在婚前存了錢買了房子還讓周心靚生下蘇媛。具蘇惠的說法，蘇胤是個不太關心自身周遭其他人的傢伙，他要結婚作為姊姊的蘇惠反而不可置否，但是大家似乎沒想這麼多。

一兩年後，蘇媛家好像悄悄的發生了一些什麼，先向外求助的周心靚趁蘇胤不在身邊時跑回蘇家打聽探問有關蘇胤的事（瑣事、金錢），結果親戚不但不好奇到底為何周心靚惠這樣探問，反而懷疑起周心靚是不是在打蘇胤財產的主意，要蘇惠去問一下蘇胤周心靚是怎麼回事，因為大家都被問煩了。

蘇胤講得像是兩人間的矛盾而已。

而大家還是懷疑周心靚。

漸漸察覺到親戚間議論紛紛或暗示性的煩躁言語後，某一天周心靚就不再跑來問事，在那之後，蘇媛家安靜了好久。平日回來蘇家看長輩問候的次數明顯減少，特殊節日也不太回來，唯一會固定回來的次數就屬春節，隔天一大早就離開。

不過是周心靚出現的次數變少，蘇胤帶著蘇媛的日子變多，也許是想彌補周心靚的露面次數，父女甚至會在平日一起出現。

這樣的情況持續到蘇媛上高中。

蘇胤突然失蹤了。

所有的矛頭都指向周心靚，說她是為了一家主的錢才把人藏起來，很多人重提周心靚當年頻繁的探問，甚至對自己毫無根據的想像振振有詞，大家長一口咬定周心靚肯定有問題，想把人從蘇家趕走。

原本就弱勢不擅言詞的周心靚這個時候不知道為什麼發了狂似的對親戚咆哮，大吼他們腦子才有問題，連自家人畸形成這個樣子還完全不知情，吼了一堆模模糊糊的東西，當時她精神崩潰講出來的話根本沒人聽得懂。

後來警方在蘇媛家當然什麼線索都沒找到，蘇胤最後的蹤跡被發現於交流道的監視器裡，直到今日蘇胤還是被列在失蹤人口名單中。

周心靚就是從那時候開始精神不穩定、不，也許更早之前，而蘇胤失蹤是壓垮駱駝的最後一根稻草。

最後是蘇惠把人帶回去，而她們母女從此除了蘇惠、不再與蘇家有任何交集。

「當時蘇胤失蹤我最擔心的是蘇媛，她得一人扛起所有家中負擔、母親的照護、還要承受父親生死不明的擔憂，但是她什麼都沒說，也沒有任何抱怨。學校照樣去，生活照樣過，她就和往常一樣地做那些事，讓人不禁擔憂她是否真的沒事。」

問了，她也只是笑笑地說了一句：「我只是做我該做的。」

蘇胤失蹤後一個月，蘇媛從家中搬了出去，請蘇惠幫忙陪伴照料母親，生活費就暫且從父親的帳戶裡扣款。

直到死亡那日，都沒有再回去過。

……

我放下筆和本子，上面布滿雜亂的的灰黑色線條。

這些都是我第一次知道，蘇媛從來不曾提過家裡的事，就算無意間提起，也會巧妙的用其他話題帶過。此後，我也都不問了，因為她也不會過問我的隱私，那是當時作為朋友我們之間的一種默契。友誼活動範圍在兩條底線之間拿捏得當，這是心照不宣的禮儀。

但是在那一天，她離我的底線相當近，儘管她最後依舊守著「不會過問」的原則，她的舉動還是讓我發了火，甚至想要遠離她。

也許在那時刻，她因為我……展露出她最黑暗的那一面，只為了換取我的原諒。

她可以不必那樣，只要她繼續守著她的祕密，我也不會知道，況且造成我們之間有諸多裂痕的原因也並不是因為她。

❖ ❖ ❖ ❖ ❖ ❖

「早安啊，還是應該說午安？」

簡單梳洗完畢、整理完背包後，打開門看見在吧檯內揮舞棍子麵包的謝正良和坐在對面不知道在看什麼書的蕭凜軒。空氣中傳來食物的香氣，下意識看了手機時間，這才發現已經是正午十二點。

餐廳一旁的窗戶直直透了陽光進來，開了一部分的鐵捲門讓餐廳不用開燈也可以很明亮。

「謝正良，麵包屑飛到我書上了。」微微皺眉在書中捏起屑屑的蕭凜軒頭也不抬的抱怨。

撇除有點差的第一印象，蕭凜軒會是那種坐在咖啡廳看書都會被女生偷瞄臉紅的類型。

「啊啊，抱歉抱歉──抹醬還是濃湯？」草草道過歉後謝正良突然轉頭問了盯著蕭凜軒看的我。

「什麼？」

「試作品。」翻書的男人冷冷代替回答。

「呃、我去外面吃就好了──」

「抹醬還是濃湯？」切棍子麵包的麵包刀閃著金屬特有光澤，映著持刀人的笑容。

「濃湯，謝謝。」

給了一個微笑後謝正良就轉進廚房裡盛湯，我走到吧檯前坐下，和蕭凜軒隔了一個座位。

「妳很閒嘛，說有事要處理看來也不是多重要。」

「昨天事情很多，大概是太累了。」

這傢伙講話真是不客氣，不知道是戳到他哪一個點，每次講話都像吃炸藥。

一碗濃湯和一小碟切片棍子麵包放在桌上，香氣非常誘人，令人食慾大開。喝了一口，是馬鈴薯濃湯，濃湯裡有沒被打細的小馬鈴薯塊和紅蘿蔔、洋蔥切丁，玉米粒，青蔥點綴，非常好喝。

剛出爐的棍子麵包外面香酥是漂亮的金黃色，內部則是略帶點彈性的柔軟，香氣四溢，蘸上濃湯以後柔軟的麵包體吸附湯汁嘗起來相當可口。

「昨天沒收到試作評價，吳小姐，請問濃湯和麵包如何呢？」

「上等水準。」簡單，卻很好吃。

「廢話。」坐一旁吃炸藥的人咕噥。

你……！

忍下想爆粗口的衝動，我迅速解決眼前的吃食，道過謝之後便從後門出去。

出門前和老闆借了一頂安全帽，上面貼了很多潮流塗鴉字樣的貼紙。

魏俐安趴在機車龍頭上，看起來很疲倦，見我走過來後還是撐起身子發動機車。

「我還以為妳會無情到拒絕所有人呢。」

「……只是有想確認的東西。」

我把背包移到身前，戴上跟老闆借來的安全帽跨上機車。

「走吧。」

❖ ❖ ❖ ❖ ❖ ❖

其實我和魏俐安並不熟。

對她的印象頂多就是長的顯眼，打扮有型，話不多，課業位居中上，實務課程是強項，總是最早到達模型工作室，作業都會準時交，上課都會靠窗坐。

沒有什麼特別的。

她的身旁出乎意料的沒有聚集很多人，曾經聽到有同學說：「魏俐安讓人有一種不太想接近的感覺，但又說不上來是什麼。」「只要接近她氣氛就會立刻變得尷尬。」好像是有人試圖找她搭話，卻講沒幾句就冷場。她太難搞了。慘敗者一副「我沒辦法」的樣子說道。

我不屬於會八卦他人的同學類型，這些都是蘇媛告訴我的。

她知道我不太會去理會那些東西，所以都挑點可能和我有關的講，其他無關的就放水流。

「她跟妳很像喔，除了長相穿搭，其他都很相似。」

比方說？

「功課都很好啦、某一項設計領域很強啦、話不多啦、獨來獨往啦等等，喔不，其實穿搭這方面也很類似……」

那只是單純的巧合吧？只是看起來很相似，就自發拿來比較，發現相似度高達百分之八九十，覺得驚為天人。

講真的，按那些特點來說，除了系上以外還有很多人都和我很「相似」吧，光在台灣就屬不清了。

「允伶妳總是那麼認真，很有自己的看法，我很喜歡。」

怪人。

「呵呵……」

話不多這點我挺詫異的，幾天前那人才自行推翻而已。

她並不是話不多，而是沒什麼事情好講；又或者是要情緒到達某一點話才會變多呢，誰知道。

當天算是我和對方第一次有認真的交談，在那之前都僅止於分組討論、路上稍微打個招呼和一些系所的事情而已，我們並沒有太多交集。

就連通訊也是。

休學後很快來到了暑假，她從通訊群組找到我的名字傳了訊息給我，說替工作室老師代為詢問工作櫃裡面物品的去留，裡面是模型設計課程的工具、工作服、護目鏡、和一顆課程做的土球，上面沾了一點黃色粉末，完全看不出來是做什麼用的。
從代為詢問為開端，我們便開始互相傳訊息，大部分都是她單方面問我視覺平面設計的問題，技術、理論，等等。偶爾會問點別的，但我都不是很想回答。
警衛看見我們，揮個手就放我們進校園。
她機車上的通行證大概還沒撕掉吧。
學校位於縣市邊，地處人煙稀少，要花一小段時間才能到達市中心，我們經過門口後直奔設計系所在的大樓，在放眼望去停滿滿的停車格好不容易找到一個位子擠。
「我幹嘛選這個時間來……」一邊熄火一邊碎念的魏俐安從車肚裡抽出背包，把安全帽塞了進去。
我把手上的安全帽遞過去，「借放。」
「被偷我不管喔。」由於車肚塞不下第二頂，只能放腳踏板。記得有次颱風過後要騎停放在轉運站停車場的機車回宿舍時，發現安全帽憑空消失，不知道是被颱風颳走了還是被人偷走了。不過回到宿舍時原本晾掛的衣服倒是躺在地上積水裡等救命。
一前一後走進一樓大廳，和半年前一樣沒什麼改變。展示櫥窗、數張休閒桌椅和一台販賣機，有兩條通道分別往兩旁延伸，都是教室，現在有幾間在上課。
他們應該也在上課吧？所以等等不太會碰到。
站進電梯內按了系所所在的樓層，很快來到了三樓，走廊上靜靜的，只有教室傳出來的講課聲。
早就知道系所辦公室的位置，走在前頭的魏俐安也沒停下來四處觀望，直直往目的地走，我連忙拍住她。「幹嘛？」

「妳先過去，我上個洗手間。」

「嗯，妳上完在辦公室門口等我。」

她轉身繼續往前系所辦公室前進。

看著她走進辦公室，我按下按鍵，電梯門開了。

沒什麼要說謊的必要，卻還是說了，我大可再找個時間，不過這樣就沒有合理的理由過來。事先查過課表，工作室這節課應該是沒人，可是印象中工作室時常有人在裡面趕製作品，沒什麼課的晚上人通常會很多，現在是下午，所以幸運的話不會遇到什麼人。

地下一樓。

和三樓一樣，走廊上沒有人在走動，和其他科系一起共用的多媒體大教室也沒人，隔壁的超商傳來冰箱的嗡嗡運轉，和一點食物的香氣。

走廊盡頭的工作室大門微微開了一到小縫，看進去黑漆漆一片。

沒有人的樣子。

推著沉重的鋼製厚門，沿著牆摸黑到記憶中模糊之處打開講台燈。

好，這就夠了。

白光照亮了講台及比較前面的講桌，一旁比人還高的工作櫃還算是可以看清，如果我沒記錯，工作櫃是一個年級使用一面，到了下學期再移駕至下個年級的專用櫃。蘇媛、我和魏俐安是同一年級，因此現在是……三年級。

二年級時離開這裡，那時候二年級專用櫃在講台對面，也就是教室最後方，三年級應該是在進來的左手邊。

第三排第四列，找到了，蘇媛的工作櫃，應該是還沒被收掉才對——啊。

……要密碼。

我忘記每個工作櫃都有道密碼鎖，當時我很隨便的就用生日四碼，反正工具也沒什麼好偷的——不對，蘇媛設的密碼到底是什麼？

生日……不對。太簡單了，怎麼可能嘛。

學號後四碼……不對。

工作櫃排列數……不對。

連續試了幾個可能的數字外加亂猜的四位數，工作櫃依然緊閉一點動靜也沒有。還是我得朝鎖下面的鑰匙孔動手？

「吳允伶？」

思索著哪裡會找到鐵絲或細長堅硬物，一個男性嗓音讓我心臟一縮，著實嚇了一跳。轉過頭發現有人站在門口，手上捧著巧克力牛奶。

「妳怎麼在這裡，我記得妳不是休學了？」

「回來幫別人拿個東西。」

該死，他叫什麼啊？好像是班上的同學，但是名字我忘了，不只他，很多人都忘記了。對他的印象似乎僅止於「好像是同學」，再多就沒了。

「誰啊？」

「蘇媛。」

「喔……」
「怎麼？」
「她是不是……呃、最近聽同學說的，我也不是很確定……」
他語氣變得尷尬，不確定是否要將所知的直接說出、抑或是正在斟酌字詞用句。
「是那樣沒錯。」截斷對方的吞吐，我直截了當地說，「現在不是在上課嗎，你怎麼在這邊？」
「喔，我這堂沒選課，下一堂才有，上課前先來暖暖身子。」他舉起他手中的巧克力牛奶，看來是加熱過了吧。
「嗯，」我重新將注意力轉回密碼鎖上，不知道魏俐安是不是好了？希望晤談時間久一點，「你知道蘇媛櫃子的密碼嗎？」
「我怎麼可能知道。」
「也是。」隨口問就得知答案實在是不太可能的事。
「還是妳要鑰匙？趙老師那裡有所有工作櫃的萬能鑰匙。」
「老師在嗎？」
「不知道。」喝了一口飲料，他思考著，又說：「我知道在哪。」
一邊喝著飲料，一邊走到光源明亮處，接著一手掀開講台的大白板，「幫個忙。」
我連忙跑過去扶住白板。
他在掀起的空隙中摸了摸，摸出一把繫有黑繩的鑰匙。「給。」
「……怎麼會放在這邊？」

「原本都是放在趙老師的辦公室啊，可是每次要用到工作櫃鑰匙的時候他幾乎都會忘記帶下來，然後就要再多跑一趟回樓上拿，後來想說乾脆就黏在白板後面就不會忘了。」他轉轉，我接住拋過來的鑰匙。

「你怎麼知道？」

「剛好看到。」

應了一聲，我動手開啟蘇媛工作櫃的門。

他說那段時間是在暑假，趙老師也是要幫一位學生開工作櫃，開完以後不知道為什麼就鬼鬼祟祟的在白板旁邊摸來摸去，所以他就想工作櫃鑰匙是不是就在白板後。

蘇媛的工作櫃很乾淨，幾乎沒有什麼塵土，東西也沒有很多，剩一些的保利膠、一小罐未使用完的硬化劑、補土、護目鏡、一年級做的公仔和另一罐不知道是什麼的液體，上面的標籤被撕掉了，留有一些白白的殘膠，和保利膠一樣用深褐色瓶子裝著，是易燃物嗎？

「這些東西還可以用，你要嗎？」

他搖搖頭，「隨便拿去用不太好吧。」

明白他的顧忌，我抽出背包裡的塑膠袋把裡面的東西裝一裝，再塞回背包。

他默默朝蘇媛的工作櫃位置雙手合十行了個禮。

「謝謝。」我說。

「不會。」他說。

時間過得太久，或是剛好，也許我可以直接到停車處等她，在那之前我得先打個電話告知，免得她空等。

「那個、鑰匙……」

「喔，抱歉，差點忘了。」我遞還給他。

這才發現他一直盯著我，微皺著眉像是在思考著什麼。

他該不會突然問我記不記得他吧。

拜託不要。

「怎麼了？」

「上學期……我是說二年級下學期，妳為什麼會休學？很多人都在猜，問老師他們也都不說。」頓了下，他慌張地接著解釋：「啊我沒有想刺探隱私的意思，只是好奇而已！」

很多人都在猜。是基於「吳允伶休學」這個理由嗎？如果只是因為這樣那為何過去休退轉學的學長姊弟妹、同學，在系上的流言裡鮮少存在？在這個系裡，休退轉學是很正常的事，應該說在每個不同科系裡都算是正常不過的事，那只不過是在求學階段的一個轉變，就像從舊有的行業跳到另一個行業。社會運轉，人生運轉。

但是他說「很多人都在猜」。

這對我來說是一件奇異的現象。

我覺得——我不太有存在感，可以說是路人，上課總是坐在角落，默默聽課，默默從教室移動到下一堂課要用的教室，默默下課，我自認沒做什麼太過招搖的事，報告也都平板敘事的報告，毫無趣味性。除了和蘇媛在一起，周圍的視線好像會變得多一點。

是因為蘇媛嗎？

從那時開始出現異常……不不，時間應該要更往前一點……

我離開以後，如果有誰因為我而發生了什麼引起眾人注意的事，那的確會有人想知道為何我離開學校，如果問知情的主任和導師也沒結果，那會更多人臆測。

「我離開以後系上怎麼了嗎？」

「咦！系上？系上……也不是說系上，應該說呃……有人。對！有人！那兩個人！」

「那兩個人？」什麼兩個人？如果是蘇媛的話那應該只有一個……

「一個在妳離開以後變得魂不守舍，話變得很少，幾乎都不講話了，也不太理人，大家都覺得莫名其妙。開始想是不是因為妳。」

他看向剛才我開過的工作櫃。

……

「另一個呢？」

「另一個喔……其實有點恐怖。」他面露猶豫，「也不是恐怖，就是很怪，但是又說不上哪裡奇怪，因為一切都發生得合乎情理……」

「怎麼說？」

他看著手中的工作櫃鑰匙略為沉吟了一會兒，才慢慢開口：

「另一個人，就是妳喔。」

❖　❖　❖　❖　❖　❖

「我想到我還有事，就先搭剛剛的校車走了，抱歉。
另外我也把安全帽拿走了。」

按下傳送鍵，找不著人的魏俐安現在一定很氣惱吧，這也是沒辦法的事。

我對她感到有點害怕。

目前的「她」頗為強勢，根據我對她以前的印象並不是如此，雖然在以前我們並沒有什麼交集。她對我來說還只是屬於陌生人的一環，充其量也到認識而已。

昨晚將要關機休息之際，她傳來了訊息問我可不可以陪她回學校，想了下，可以，好。

蘇媛的工作櫃應該還沒清掉，那有我想確認的東西。說不定她有留什麼給我，或者遺書之類的，抱著這種想法我才答應了邀約，不然依我和魏俐安的交情，我大概會嫌麻煩推掉。

如果蘇惠沒有說謊，那麼從蘇媛出生到自殺之間，家裡發生了那麼多事，親戚間的糾紛、父親的失蹤、母親的精神失常——她一點回應也沒有。就像沒發生任何事，或這些事在她眼前僅僅過眼雲煙。

蘇惠說，蘇媛就像平常一樣去學校上課、生活模式也沒變過，甚至連情緒上也沒什麼明顯的變化——就平常而言。

以正常反應來說，應該都會有所動作，比方說憤怒、哭泣、責怪、不理解等等，這些情緒會反映在生活上，吃不下、睡不好。但這些她都沒有。

雖然這樣想很自以為是，不過也的確從我認識她起，她看起來也沒有經歷任何苦事的樣子。這樣反而奇怪。

我認識的蘇媛會露出開朗活潑的笑容，遇到不平的事會生氣煩惱，看感人的電影會哭……

那是她嗎？

我翻看著半小時前從工作櫃取得的一樣物品。

如琉璃般清澈透明、以朋友為主題、有著我簡化版面孔的玩偶公仔裡頭，藏著一小縷柔軟的黑，靜止在早已硬化的液體裡，被凝結了動作。

我想起我們決裂的那天，她帶來我家說要還給我的東西。

她顫抖欲淚、抱著原本屬於我的「東西」。

帶著淡淡香精味道，乾淨透明沒有任何一點指紋的玻璃罐子裡，裝滿了黑、帶點紅褐色，有長有短的頭髮，整齊的在罐子裡繞圈。

她說那些都是我的。

那個時候，她又是誰？

蘇媛。

我認識的人真的叫蘇媛嗎？還是她被長得和她一模一樣的人給替換掉？

我被弄糊塗了。

❖ ❖ ❖ ❖ ❖ ❖

一棟不新不舊的公寓大樓。

這裡距離校車停靠的地方有二十分鐘遠的路程，和蘇媛老家差不多，位在非熱鬧市區。

要不是要開工作櫃，我都忘了我有蘇媛租屋處的鑰匙。那位同學真是幫了大忙，雖然他的名字我還是想不起來。

根據對話紀錄，租屋被他人續租，對方會自行更換門鎖，如果要去看有沒有什麼留給自己的東西，這幾天就得快點，對方也答應這幾天不會換鎖。

鑰匙應該還能用。

公寓大樓的管理室有位中年人在摺紙，桌子一旁堆滿了紙青蛙，過去簽了訪客紀錄簿後說明來意，他沒什麼表情的嗯了一聲就放我上去，繼續忙碌。

有電梯可以搭，不過為了現階段自己好，還是走樓梯吧。

第一次來到她家是在高中二年級，對她住的地方直覺第一印象就是「味道」，濃烈的香精味，她有時候用的是精油，有時候點薰香，會交互替換。

那個時候，門外都聞得到。

現在沒有了。

來到她房門前，我握著鑰匙，對著門把猶豫。

房裡可能有著什麼，我覺得我內心深處是大概曉得的，而且還頗為厭惡，完全不想踏進去。

但是，除了我以外，說不定還有其他……「受害者」？

我還是開了門。

房間進去左手邊是一面凹進去的牆，擺了個正好能夠塞進去的木製衣櫃，右手邊是兩層式的矮鞋架，前面一點是廁所；進去後便是房間主體，地板用木板增高，到達小腿一半高度，上去會有輕微的咚咚聲。我直直走到房間另一端，打開窗簾讓陽光照進來，稍微推開玻璃窗讓這裡透透氣。

窗戶旁是冰箱，冰箱的右手邊遠一點是側倒放的三層櫃，裡面擺了一點書、雜物和一兩個包包，櫃子上有個黑髮圈和鬧鐘，時針分針都是靜止的；櫃子旁是張單人床，貼著牆壁而置，上面的枕頭被子床單被摺疊在一起堆放在角落。

——咚。

我聳地轉向後方。

除了一張和式桌和三張米色坐墊外，其他什麼都沒有。

就連上頭的吊扇都是靜止不動的。

錯覺吧。那一聲很輕，很細微，應該是聽錯了。也許是鄰居不小心弄掉了什麼到地上。

但是很清楚，很清晰。

在這個房間裡，因為安靜，所以顯得格外突兀。

我環顧四周，這才發現，東西很少，除了生活日常必備用品，其他比較娛樂性或私人性質的東西少之又少。

和她一點都不像。

她活潑外放，是屬於甜美可愛的女孩子。

但是這裡東西好少，而且能夠符合她形象的東西一個都沒有，連現在被放置在這空間的物品都好沒存在感。

她上大學後時常戴的那個粉色束髮圈也沒見著。

好空。

這裡感覺什麼都沒有。

第四章

看來就像魏俐安說的，她把一些私密的個人資料處理掉了，三層櫃裡翻不太到什麼像是日記、信件之類的東西。

《色彩原論》、《大眾傳播概論》、《攝影學》……幾乎都是學校的上課用書，還有幾本小說、筆記本，筆記本都是上課筆記，寫得很詳細，還有一本是作品點子，寫了畫了很多想做的設計作品，從平面到產品、乃至企業識別系統通通都有。

比較特別的一本是，前面是幾頁的英文課筆記，後面空了好幾頁之後，才開始繼續筆記。只不過，寫的東西像是交易紀錄。

交易內容是什麼上面完全沒寫，只寫了日期、時間、金額、公斤數……公斤？

交易物品是秤斤賣的？

數字有大有小，逐條列出每筆賣出的公斤數賺取多少金額，而每筆金額看下來也都差不多，數字的收入皆有萬餘元，有的則逼近七位數。

這樣全部加下來的數字很可觀，完全比過我銀行帳戶裡的總金額。

她到底是在「賣」什麼？每次交易都幾乎超出一班上班族一個月的薪水。

完全看不出來。就連平常的她也看不出來，而且也不像是很闊綽的樣子，就像是一般普通的學生，和我們一樣上課下課，支付和我們一樣的設計材料費，吃的也是普通學生付得起的餐食，也和其他人一樣在打工……

當初她並沒有告訴我是什麼樣的打工，透漏的非常不明確。

「這個嘛，網路打工，算是網路打工，可以說是家族繼承事業吧。」

她父親是做有關網路事業的嗎？蘇惠好像也沒提到，只說她父親在結婚前努力存錢買了一棟小房子。如果蘇媛說是家族繼承事業，那她的父親或母親其中一方可能就是做這行，或者兩方都是，而且所得足以買下一棟小房子，那就代表他們結婚前交往認識有幾年之久，才有足夠的時間存錢買房……不，照本子上的最大收入金額，半年就綽綽有餘了。

本子上的第一筆交易紀錄是在二〇一一年底。十二月十六日，二十六公斤，十八萬元。二〇一一年，時間大概是高中一年級，也就是我和蘇媛認識的第一年，看來她從那時候就在做網路打工，比我想的要早。

幾頁看下來，每筆交易紀錄都相隔幾個月，有幾筆甚至差了半年，而日期直到今年五月十九日就沒有再往下紀錄。五月十九與我休學的日子相去不遠，難道我休學也連帶影響到她的工作？她到底……

我闔上筆記本，收進背包裡。

又翻了幾本書，也沒什麼資訊，第一格櫃子除了書以外還放了一盒七十二色麥克筆、一只裝了補充墨水和代針筆的透明筆袋。我往右邊移動，第二個格子裡有幾個盒子。一個是不大的紙箱子，上面印了化工材料行的商標，大概是從系上撿來的，另外兩個是素色的紙盒，分別是藍灰色和灰黑色。

我打開了最上層的藍灰色紙盒，裡面裝滿了基本的保養品和化妝品，外加化妝鏡、化妝工具、指甲刀和一根掏耳棒。盒子裡面除了化妝鏡指甲刀掏耳棒以外其他都是我推薦給她的某個日本品牌，我自己也在固定使用，不管是保養品還是化妝品，價格偏中高，每個月都有不同的產品在做特價，打折期間就比較便宜些。

第二層的灰黑色盒子，有條手機拭鏡布、粉藍色夾子、一款米色杯墊、四顆包在一起的電池、封箱膠帶和文具：一本小便條紙、兩張書籤、一把剪刀、一把小刀、一盒美工刀刀片、一小罐膠水、小膠帶與綠色紙膠帶各一、幾個散落的迴紋針和幾支鉛筆。

往下一層是那個化工材料行的紙箱子，開口用一小段紙膠帶貼著防止彈開，但其實效果不大，多次撕開黏回的動作讓紙膠略為失去黏性，兩片箱紙在移開上層盒子後微微撐起，露出封在裡面的物品，我挑起紙膠打開箱子。

兩瓶精油、一包細竹棒（我曾經看過蘇媛浸在精油瓶子裡，那些細竹棒會散發出很深奧的味道）、幾顆錐形香、一個白色小瓷盤、裝在夾鏈袋裡的紙口罩、一包看起來像是染髮用的薄手套。

蓋上箱子，將那段膠帶重新黏起，用指甲刮著表面使紙膠與箱紙黏得更緊，我打開灰黑色盒子取出封箱膠帶撕下一大段，牢牢封住整條縫隙，推回三層櫃格子裡。

「討厭。」

最後一個格子，放了一個米白色棉麻布提袋和蘇媛平常背去上課的棕色帆布背包，棉麻布提袋裡只有一包隨身面紙，帆布背包裡則有一條黑色傳輸線、一顆行動電源、黑色耳塞式耳機、一只筆袋、一把深藍色摺疊傘和放在內袋的幾片日用衛生棉。手機和錢包不見了。

手機和錢包是屬於私人物品，魏俐安應該是先收著或交給蘇惠，那些東西是不能隨便處理掉的。

那裡面應該是沒有什麼特別的東西了。

把背包放回格子，在放下的那一瞬間發出了細微的「咯」，我又把背包拉了出來打開拉鍊。我很確定那不是錯覺，那是金屬之間互相碰撞的清脆聲響，只是隱藏在帆布背包裡被吸掉了很多音。

在最底下，被摺疊傘和筆袋壓住，躺在角落有一只黑色霧面隨身碟，旁邊是傳輸線的接頭。撈起隨身碟，上面不知道為什麼包了一小段膠帶。翻了翻外觀發現沒什特別的也扔進了背包裡。

鑑於隨身碟的發現，我將提袋和背包徹徹底底地上翻下倒給查了遍，在筆袋裡挖來挖去，甚至不管忌諱撐開雨傘。一無所獲。

起身伸個腰甩甩頭，下意識想看時間卻發現三層櫃上的鬧鐘停了，頓了下拿出手機，時間顯示為下午四點多。五點天色就會開始慢慢變黑。

現在天色還很亮，但是冬天的夜晚總是來得特別快，讓人有種不知所措的感覺。

以前很喜歡夜晚，珍惜著那樣寂靜的黑，也因此經常黎明才沉沉睡去。

走近窗戶時身體的一部分淋在照射進來的陽光裡，在這裡感到些微治癒與溫暖。

好的，冰箱。

我打開冰箱，預料中的沒有東西，冷凍櫃也空空如也，冰箱的插頭落在插座旁。

印象裡她的冰箱沒什麼東西，但來訪的幾次她倒是都會從冰箱裡變出可以馬上做好的吃食，自己也蠻喜歡吃的，雖然回憶不太起來到底是吃了什麼，不過鹹食居多，她知道我沒在吃甜。

冰箱裡真的沒東西了，冷凍櫃也——嗯？那黑黑的是什麼……

那東西很細，纏在層架最裡面，用指甲拉出來時不用猜也大概知道，十之八九肯定是我所猜想的東西，只是這不該出現在冷凍櫃深處。

那是一根長且細軟，女人的頭髮。

❖❖❖❖❖❖

「噠啦！歡迎來到蘇媛可愛的小窩！」

春天，高中二年級下學期，我初次來訪蘇媛的租屋處所。

「什麼味道？」

一踏進門有股甚為濃烈的香精味掠過鼻下，我下意識地說道，一邊關上大門。

「喔，那個，一直都有一股怪味，所以我有放精油。」她在門口脫下運動鞋整齊的擺到一旁矮鞋架上，「鞋子隨便放著就好。」

雖然她說隨便放著，我還是為了禮貌擺到鞋架旁。

「怪味？」聽她這麼一說才發現到香味之中還夾雜了一股淡淡的臭味，這味道不僅臭而且還有點刺鼻的感覺，我走到房間看見蘇媛從一個小盒子裡拿出兩顆小小的錐形物，分別是淡粉色和淡綠色，她用一個杯墊大小的白色瓷盤盛裝。

她掏出打火機，在那兩個錐形物上燒著，過了一會兒，錐形物頂端透出微弱的紅光，「搬進來過沒多久就有了。」她說。

「沒和房東說嗎？」

「房東說我鼻子過敏，她都沒聞到，而且搬進來前就應該要反映了。」

「這樣不對吧，還是去請人來看比較好。」

「嗯……其實點過香味道就被蓋過了，所以也不是有多大的問題。」

她說得對，看來那錐形物是薰香，香的味道已經散發出來，聞了感覺會讓人靜下心來，但是，

「一次點兩顆不會太多嗎？」精油的味道還在呢。

「不會啦，我會開個窗戶通通風。」

開窗後果然好多了，不過味道還是很濃。

「先坐著吧。」示意我坐到和式桌旁，蘇媛轉身打開冰箱。

放下書包後我繞過桌子取了個米色坐墊到另一邊坐著。

咚咚——。

咦？什麼……？

「蘇媛，」在左手邊的牆與四周地板看來看去，我試圖尋找聲音來源，那有點像敲著厚實堅硬物體的聲音，「妳有聽到什麼聲音嗎？」

「聲音？」

「嗯，咚咚兩聲，妳隔壁有住人——」

蘇媛站在冰箱門旁，左手拿了顆蘋果，右手拿了把水果刀，直直盯著我看。

就只是盯著我看。

那張臉完全沒有任何表情，就連眼神也是，就像服飾店的假人偶。緊緊捏著蘋果、握著刀柄，指節泛白。

「沒有，沒有住人，沒有人。」

「妳——」

「沒有人，嗯。」語畢，她突兀地漾起甜美的笑容：「妳要吃蘋果嗎？」彷彿一瞬回到了剛剛

沒有聲音的時間。

回到咖啡廳時蕭凜軒不在，謝正良說他要為明年二月的鋼琴比賽做準備，因此最近就不太會過來。

❖ ❖ ❖ ❖ ❖ ❖

蕭凜軒是音樂學院的畢業生，時常在國內外鋼琴比賽得獎的他廣受古典樂愛好者的關注，九月才剛從匈牙利布達佩斯抱了冠軍回來，他創作的曲子還在古典樂電台撥放了好幾個禮拜。當然音樂相關活動的邀請也不少，只是他本人除了比賽之外的活動一律拒絕露面受訪。

他其實很怕生，對不認識的外人都會顯露出明顯的排拒感，所以他沒什麼朋友，家庭的因素也讓很多人朝這點攻擊，不過說穿了那只是嫉妒而已，熟了就會覺得他很有趣。謝正良一邊擦杯子，一邊自顧自地說了起來，我接過自動推過來的熱水果茶，水果茶溢出柑橘的香氣。

我向他坦承我對蕭凜軒的第一印象其實很差，他對我散發出明顯的厭惡感，講話也是很討人厭。

「那大概是因為妳突然在奇怪的時間點過來還要住下，他才會那麼討厭妳吧，我昨天還聽他抱怨了一整個晚上呢。」謝正良尷尬的笑道。

「你們住一起？」

「不不，沒有，他只是會偶邇來我這邊過夜，如果他跟家裡鬧不和的話。」

「鬧不和是……」

他微笑，食指擺在唇前表示這是個私人問題，我點點頭，就不繼續追問。

隔了一段沒有話題的時間，我詢問將餅乾推進烤箱的謝正良可否出借電腦，筆電也行。他說可以。

「不過在那之前，妳不吃晚餐嗎？」

我盯著沉在杯底的蘋果丁，搖搖頭，「路上吃過了。」

他應了聲，走出吧檯往二樓走去。

我想起方才一路上的各種想像，覺得真是荒謬透頂，不過正是因為如此才會導致沒有胃口，理所當然連晚餐也沒買沒吃。

發現那是根他人頭髮的當下我極度驚疑，因為蘇媛的頭髮是深棕色的，而且是長度及肩的波浪，不是漂染過的亞麻色系，更不是長至腰部的直髮。

我不安地扔下頭髮，頭髮像一條金色的蛇蜿蜒於地。在漸漸昏暗的天色下我抱起放在一旁的安全帽迅速離開房間，連浴室衣櫥都沒檢查，以自己都難以置信的速度離開那棟大樓，腦子裡開始各種詭異的想像，最驚悚的莫過於在冷凍庫存放新鮮的人頭，想吃就拿出來削下一塊做料理，也可以做給朋友吃。

這太扯了，根本扯蛋，可我就是腦子一路上都是這個畫面，連飯都沒心情吃了。

「吶，拿去。」謝正良走到我旁邊遞給我一台有點重量的筆記型電腦，土耳其藍印有髮絲紋，是有點舊型的款式。

嗯，電腦……我有說要借嗎？

我疑惑地看向他，「……我沒有說要借電腦啊。」

「蛤？剛剛妳明明說要借的，自己說過的話自己忘記啦？」他把筆電放在桌上，回到吧檯內繼續手上的工作。

我有說過什麼嗎……啊，隨身碟。

翻開背包前面口袋拿出在蘇媛租屋處發現的隨身碟，打開電腦電源等待。

「妳借電腦是要做什麼？」謝正良問。

「有東西想找。」我說，舉起食指擺在唇前。換他聳肩。

「別把電腦弄壞了。」

「不會啦。」

進入需要密碼，謝正良幫我輸入完以後很快地進入電腦畫面，桌面很乾淨，只有垃圾桶、我的電腦和瀏覽器，背景是一隻在夜晚佇立於森林高處的貓頭鷹。

將隨身碟插入連接孔，幾秒後出現了視窗畫面，資料夾很多個，每個都詳細命名，像是「上設計實務、通識英文報告、創意表現掃描。每個資料夾點進去後又有很多個資料夾，每個皆以首頁資料夾的第一個字和數字命名，比如說像通識英文報告這個資料夾點進去後的第一個資料夾就命名為「通1」，再點進去後是「通1_1」。

但點進去都是資料夾。

首頁資料夾有二十個，每一個點進去都是建立了四十個資料夾，我試著開了第一層第二個資料夾裡的三個資料夾，每一個點進去看見都是滿滿的資料夾，少說也將近快有一百個。隨機開了其他的也是一樣，一層比一層多，資料夾的命名越來越長，旁邊的滑軌也越來越短，直到開了第七層才停止，而迎接我的是空白，沒有任何東西。

這種情況絕對不是電腦蠕蟲作祟，看命名就知道。蘇媛有想隱藏的東西，可是卻不會極力想藏起，不然她會給隨身碟上鎖，她只是想消耗人們的耐心，讓他們放棄尋找。

或者是她根本不知道怎麼上鎖隨身碟或資料夾。

我點開右鍵來到內容，不意外看到資料夾的數字是我懶得去數的天文數字，反倒是看到檔案的數量簡潔到難以置信：「1」。

好樣的，只有一個檔案。也就是說我只要找到就可以結束這回合。

但是要從何找起？

一個一個開來找是一個方法，但我相信有更快速的方式，比如說線索是她的生日、或某個重要日子之類的。

那就先從她生日來做開頭，她和我同年，九月出生，日期是、是……

日期是……

……我忘了。

迫不得已只好拿出手機查看。九月十二號，那麼好記為什麼我會記不得呢。剛剛也是，明明要借電腦自己卻忘記，到底為什麼我這記憶力……

注意力轉回電腦上，如果說要靠生日當線索，那麼就是依數字下去做排列組合或加乘遞增。九月十二號，〇九一二。

我的數學不是很好，國高中極少考過七十分，唯一有考過八九十是在國中，是對我來說不需看課本也可以考很好的圖形空間小考，那次在班上被老師特別表揚，說我進步。可下一次的二元一次方程式就被罵了，原因當然是上次的圖形空間小考，老師大概覺得我在耍他。

所以，我會的就是用這些數字胡亂拼湊，反正就「這些」資料夾，一定會找到的，只是不知要找到何時。

真希望我現在是漫畫裡頭腦很好智商很高的偵探。

「雖然妳在忙有點不好意思打擾，但我想問妳個問題。」

數字排列到一半，謝正良的聲音從電腦後傳來，我連忙接上差點忘記的數字，排列到第七個：一、十二、二、二十一、一、十六、六。

我發現用蘇媛的生日不行，前面是○，無法排出更多組合，當然經多次試驗以後失敗了，那些空白的資料夾像在嘲笑我的徒勞，真令人火大。到後來便用現有時間試驗：「第一筆」交易日期，十二月十六日。

目前打開的方法是用已知數排出七個數字，依照順序點開相對應的資料夾（第四順序是二十一，等於第四層開第二十一個資料夾），這方法有點像亂槍打鳥，但是又顯得理性。

希望可以成功，不然我就要用最老實的方法一個一個開來找。

「什麼？」暫時告一段落，我回應他的問題。

「妳是學生嗎？」

「……為什麼這麼問？」

說真的，我不知道我現在算不算學生。

我離開學校到現在已有半年多，每當他人問起我的身分，我都會不知該如何回答。實際上我是學生的，我的學籍還在、學生證也還在，只是在「休息」，沒有去學校上課，等同於向學校請了快一年的「假期」。

但是，我卻難以啟齒，因為那個理由太過戲劇化，自己都不敢信。

「妳看起來就是學生啊，我記得高中現在還沒放寒假吧？」

高中？

「你覺得我是高中生？」我失笑，原來這人的神經大成這樣，這還是第一次有人把我認成高中生。

「有點像，不是高中嗎？看起來像高中要考學測的高三生。」

「我已經大學了。」

他眨眨眼，表情有些不可置信，「有人說過妳像高中生嗎？」

「沒有，你是第一個，還蠻讓我驚訝的。」

「唉唷，真的啊。」他從吧檯內端出一盤出爐有段時間的餅乾，飄著檸檬香氣，「來來來，吃一塊，海鹽檸檬餅乾，目前最新力作。」

這傢伙的思考模式我總是跟不太上啊。

餅乾很香，奶油混和了檸檬皮屑與檸檬草的香氣，咬下去也嚐到了海鹽的鹹味，整體來說不太甜，但是一兩個就夠了。

「那為什麼大學生會在這裡呢？沒有課嗎？」

「目前是……沒有課沒錯。」

「妳是有什麼事情要處理？」他的語氣陡然冷下。

「咦？」

他表情帶著溫和的笑，「別緊張，我只是想弄清楚妳來這裡的目的，畢竟我昨天才剛認識妳。」

電腦嗡嗡作響，遠處傳來汽機車駛過的聲響，越來越小、越來越少，吧檯上方溫暖的黃燈光此刻彷彿如鎢絲燈一樣冰冷。現在是冬天，寒冷的冬天，寒流即將來臨，我似乎真切感受到了。

他不像魏俐安那樣強勢，卻讓人感到……冷冽，不是不寒而慄，是冷冽。

我不安的轉移視線，繼續在資料夾海裡檔案搜尋。

六、六十一、一、十二、二、二一、一……空白。

「我可以借妳休息的地方，但前提是要認識的人，妳是魏俐安同學的朋友，魏俐安同學是凜軒的朋友，所以我昨天才會答應，即使我不清楚妳到底想做什麼。如果有難言之隱，沒關係，那是個人隱私，我不會逼妳，但至少告訴我大概，確保不是壞事。」

我知道他的顧慮，即使他再怎麼好說話，我對他們來說依舊是外人，他是我的房東，得確認昨天夜裡突然造訪硬是要住下的訪客是否好壞。

「……我有個認識的人過世了。」

「嗯。」

「我在找……我在找她留下來的東西。」

「什麼東西。」

「不知道，我還沒找到。」

「妳不知道是什麼東西那要怎麼找？」

「不，我大概知道是什麼……大概。」我微微深呼吸，慢慢的吐氣，「不太妙的一個東西，也有可能是『一些』。」

「非找不可嗎？」一聽到「不太妙」微微蹙眉的謝正良問道。

「其實隱約覺得不太對勁，所以我必須找出來確認，另一方面也可能和她為什麼過世有關係。」

一、二、一、六、一、二、一。空白。

經過八十幾次的試驗，仍然一無所獲。

❖ ❖ ❖ ❖ ❖ ❖

「聽起來是壞事。」

「或許是壞事吧，但我可以保證不會影響到你們。」

他蹙緊的眉頭鬆開，卻又無法完全舒坦，「妳現在找得就是她留下來的東西嗎？」

「嗯，但不完全。」

十二月十六日不行了，接下來該用什麼日期或是相關數字下去找？蘇媛的生日用過了，最後一筆交易的日期也用過了，學校工作櫃的排列數、手機號碼、租屋地址甚至第一筆交易日期都用過了，前前後後約有八十幾次的試驗，迎接我的全部都是空白。

她藏的到底是什麼？

是交易內容、日記還是「收藏物」？怪異的臭味、藏有黑髮的公仔、難以辨識液體名稱的深色玻璃瓶、裝在玻璃罐裡的頭髮、不明的交易紀錄、過於龐大的金額、纏在冷凍庫底層角落的女人長髮。線索好似有相關又毫無關聯，曖昧不明叫人發慌。

正在找的「東西」，不是好的，所有看下來。

「找不到？」

我瞥向電腦螢幕周邊仿同鏡子的面板，它反射出我苦惱的樣子，不太平整顯得頗為歪曲。

疲倦的揉揉眼，往後伸了個大懶腰，「欸……如果是你，你想把某樣東西藏起來，藏在了某個盒子裡，然後讓人在一堆毫無用處的盒子海裡尋找唯一藏有東西的盒子，這種做法的用意會是什麼？」

「有提示可依循嗎？」

「沒有。」

「那這個嘛，把東西藏起來藏在一堆沒有用的盒子裡，讓人去找，聽起來就好累喔……那我大概是不想讓人輕易找到，卻渴望被找到吧。」

「丟在盒子海的用意是什麼呢？為什麼不直接鎖起來就好，還要費神去做那麼多盒子。」

「嗯……會不會是別有用意呢？」

我看著他，等待答案，說不定可以聯想到些什麼。

「有兩種。」

兩種？

「如果藏起來的東西是要特定『某個人』找到，那我就會用只有那個人才能找到的方式引導他；或是用尋找過程比喻某個意境，企圖讓找的人去思考盒子海的意義。」

若「某個人」是我——雖然這樣講好像有點自以為是，不過只是做個比喻而已——只有我才能找到的方式是什麼？那個意境對我來說是什麼？

「意義」會不會是促使人繼續追尋下去的誘因？

若「某個人」是我，那關於我的……

我打開放在左邊椅子上的背包，拆開打結的塑膠袋，抓出公仔。翻著公仔細看，摸著搓著去感受公仔有些不那麼平滑細緻的表面，最後在底部摸到略為粗糙的紋路，像是刻痕。舉起就著燈光觀察，那是刻痕沒錯，只不過刻痕非常淺，可能是保利膠硬化後非常堅硬不容易深刻，只能留下細微的痕跡。

「1230」

沒去仔細思考那代表什麼意思，腦子便開始排列起組合，依著浮出的數字我依序打開資料夾，也不知道經過了幾個組合，但有種快找到的錯覺。

二乘三乘五乘以四十一——二。二乘三、六。三。三乘五、十五。五。五乘四一、二〇五。四十一。

壓縮檔。第四十一個資料夾裡躺了一個壓縮檔。解壓縮後彈出的是一份鎖起來的純文字檔。

我巍巍顫顫地輸入標題所提示的密碼，檔案開啟。

「找到了嗎？」謝正良問，放下擦拭完的高腳杯，擺進後方櫥窗。

「找到了……」我有些顫抖地說道，不是興奮，而是恐慌，檔案名稱以及內容都是，「等等、那個人……那個人是我……」

在開啟的視窗左上角檔案標題名稱，也是密碼提示：輸入妳名字的羅馬拼音。

檔案內容是詳細版的交易紀錄，交易物品是……人……？

第五章

「妳還好嗎？」

謝正良的頭探出吧檯，有點擔心地看著我。

我把電腦調了角度不讓他看到螢幕畫面，「還可以。」

不只人體器官，各個人體部位都有：手、腳、眼、耳、頭髮、嘴唇、脖頸、皮膚……細至頭皮和生殖器都有。到底為什麼頭皮可以賣到二十萬……

其他除了交易物以外都和筆記本上記錄的一樣，筆記本可能是備份，大概是在鎖完文字檔以後才抄寫上去的，不然依年份來說，筆記本太新，一般人也不會從反方向開始書寫，前面的英文筆記多半是掩人耳目，搞不好就是因為英文筆記才被魏俐安忽略。

將文字檔複製一份到手機裡後回到第一頁面刪除所有資料夾，確定清空後退出，「謝謝。」把電腦還給謝正良，移開電腦的桌面變得燙熱。

他接過去，沒再說什麼話。

把公仔和隨身碟放回背包裡，我默默看著背包裡的內容物，有幾個感覺像是不需要的東西，一直放在背包裡也很重，比如那罐補土，我也不知道該如何使用，晚上查查看可以去哪裡回收吧，連同保利膠和硬化劑一起。

其中最引人懷疑就是撕去標籤的深色瓶子，直覺告訴我別輕易打開。不知道是什麼，還是先別隨便亂丟的好。

拉上背包拉鍊，我問正盯著我看的謝正良，「幹嘛？」

被發現的人嚇了一跳，不過很快恢復鎮定，隨後默默地問了：「妳被跟蹤，該不會是假的吧？」

「……為什麼這樣問？」

「妳沒有報警，而且魏俐安同學說『目前很麻煩』，而且妳又跳開話題——不要誤會，我沒有要趕妳走，只是對這件事感到好奇。」

「不是假的……」想起昨天，那一切發生的很突然，不過被魏俐安載走時那輛車也的確跟了上來，在之前還因為那群學生的話以為是警察，不過後來發現不是……那跟蹤我的人是誰？

他的跟蹤很高明，在我注意到以前都沒有讓我察覺到，無論是在河堤還是在走去公車站牌的小巷上，不過他真的是「在」跟蹤我嗎？如果他只是「剛好」停在那裡，「剛好」行駛的方向和我們一樣呢？

而且為什麼魏俐安知道那輛車在跟蹤我？

「妳看起來很猶豫。」

「我不太確定……」

「不確定？這種事情不是當事人才最清楚嗎？」

「是這樣沒錯，但是我不確定啊。」

「怎麼個不確定法？」

我把剛剛腦子中的疑問解釋給他聽，包括魏俐安，但是不包含警察的部分。聽完後他告訴我他也感到不確定了，「好玄喔，」他說，「那妳為什麼沒有報警？這種事交給警方去釐清比較安全吧。」

嘖，還真是執著。看來不回答他是不會放過我的。

「昨天我經歷一場莫名其妙的案件，下午剛被訊問完。」

「案件？」

「就事發現場，我是……死者最後一次發作所接觸到的人。」

「第一現場目擊者……」他斜睨，露出戒備的眼神。

「拜託，不是所有第一目擊者就是兇手好嗎，而且我當時才第一次見到人耶，我有完整的不在場證明！」無奈非常，我大嘆出聲，「但就是因為我是第一目擊者或當事人他們才懷疑我，我已經很不高興了你覺得我還會去報警嗎？」

「喔……拍謝啦，我事前不知道咩。」

「沒關係……唉。」這種事算沒講的自己的錯，沒資格和其他人發脾氣，只是被冤枉的感覺很差。

靜默過後，我們發現時間很晚了，沒想到為了找檔案找了這麼久，雖然有一半時間是在講話。訥訥地說了聲晚安，各自溜回了休息的地方。

洗過澡後，我一邊坐著吹頭髮一邊看手機（手機放在曲起的左膝上，每次點螢幕都會搖搖晃晃）。以前的老師傳了訊息給我，說魏俐安因為休學一事找她簽晤談單，得知我也在。由於魏俐安好像很趕著離開，原本想請她幫忙搬蘇媛在學校的作品回去，因此暫緩，但事後想起來並沒有魏俐安的聯絡方式，所以想請我轉告她再回學校一趟，當然是一起。

關掉吹風機後室內恢復寂靜，我用手指順了順頭髮，從休息的位子上抓了梳子一邊梳頭一邊回訊息。吹風機和梳子都是和好心老闆借的，再繼續借下去也太不好意思了，明天去買點應急的旅行生活用品吧。

現在或隔天要做的事情有：去學校搬蘇媛的作品，搬完之後帶去蘇媛老家給蘇惠，看如何處理；買東西，洗衣店；丟棄補土——在看訊息前查了哪裡可以丟補土，想想還是直接丟掉算了，那應該不算在回收範圍內；看完交易紀錄；詢問魏俐安手機和其他一些資料的事，等等就來問吧。

捻掉梳子上的長髮，我捏著拿去廁所沖掉，避著鏡子回到沙發床上。

「蘇媛有什麼東西在妳那裡？」

隔不久對方就回傳了訊息：「妳去了她家？」「為什麼不接電話。」

我一離開學校沒多久，魏俐安就不斷來電，我默默盯著螢幕數她打了幾通，總結下來是二十幾通，數量實在太恐怖，幸好我一直將手機設成靜音模式，那天為了蘇媛的工作櫃也特地關掉了震動。

沒錯，我故意不接。

喝巧克力牛奶的男同學的發言實在太過詭異，以致於我接下來都太不想和魏俐安有所接觸。

「調成靜音沒聽到，看到的時候也晚了，就沒想說要打。」

「好吧，算了。

妳去了她家嗎？」

「嗯，果然沒什麼東西，出乎意料的少。她有東西在妳那邊嗎？」

「妳要幹嘛？」

她還真警戒，我是可以幹嘛？這人也真是……看來是很難問到了。不過她也沒有否認，姑且先假定東西在她那裡好了。

「沒什麼，好奇問問而已。」

「她有留東西給妳嗎？」

有啊，不過接下來猜想應該都會挺恐怖的。

「沒有。」

「可憐。」

什……！什麼啊！什麼可憐！

莫名其妙！

接下來也沒什麼話可講，就在我打算結束聊天時，她說：「妳什麼時候走？」

……「最慢三天後。」

「走之前來我這邊道別吧。」

「儘量。」

「不要再不吭一聲地離開了。」

「不會，至少會留訊息。」

那天妳什麼都沒有說也沒有做，就離開了，連聲再見都沒聽妳說出口。

我知道，我心知肚明。但猛然想起我應該說聲再見時已經過了一個半月，錯過最佳時段，此刻亡羊補牢沒有意義。也不知有何意義。

人生太過不確定，連「再見」都明顯動搖。

人們為什麼要說再見？我們明明知道人生有太多的變化、我們無法預知未來，我們還是在分別時互道一聲「再見」。那是一種潛在的樂觀，相信下一次會再見到，而我無法理解。

「掰掰。」我輸入欠予她們的字詞，當然，另一個人永遠都看不見了，

「（上次的份和這次的，一併繳清。）」

❖ ❖ ❖ ❖ ❖ ❖

早上九點多我又回到系所大樓，昨晚和老師約了這個時間，下一堂他得上課，不過時間已經很充裕了。

老師問起魏俐安，我用她有事情無法過來搪塞過去。

——看來他昨天就已經整理好了。他先把放在自己辦公室的上課學習單拿出來，用一個A４大小的透明袋裝著交給我，然後帶我去另一間教室，把一些中小型的作品找了個紙盒裝著，最後來到靠近電腦教室的走廊，牆上掛了錶背板的平面作品，教室裡黑漆漆的。

老師伸手繞到其中一幅作品後，「喀啦」拿下了作品。作品是張設計海報，主題是以舞蹈宣揚生命之美的藝術節海報，圖面線條簡潔乾淨，吸睛的書法標題大字蒼勁有力，文字人物配置得當，穩當的基本功夫讓這張海報奪得設計競賽的第三名。

「還行嗎？」老師遞過海報時，語氣甚是擔心地問了。

我不知道他是問哪一件事，只回答「嗯，可以。」我想這樣就夠了，我也沒什麼心思想再繼續問到底是指哪一件事，對我來說無論是蘇媛的事還是休學的理由我都不想提起，提起只會讓自己困擾，陷入負面情緒。要不得。

現在最需要的是倚靠腦袋的邏輯、理性、務實去過現在的日子，尤其在這個潮濕寒涼的城市裡更為重要。比起踮著腳尖讓自己不良於行，腳板腳跟雙雙踏在地上佇足或行走，儘管疼痛無法久立，卻是最實際的辦法。

不過他也可能是問我所持東西的負荷量。

無所謂，答那樣也行，我本來就不太在乎。

距離下一班校車到達還有時間，老師請我去他辦公室裡和豆子玩。

「妳是下個學期會回來？」

「沒意外的話會。」

「早點回來也好，不然補修更多課。」老師開玩笑地說著，一邊為豆子的碗裡添貓食。豆子是老師養的一隻貓，有著橘色花紋，據說有次老師過馬路時救起了差點車禍的幼貓豆子，因此結下共同生活的因緣，老師上班常常把豆子放在辦公室裡，很多學生都喜歡從辦公室門的長條型透明窗口窺看豆子，只要她喵了聲，便會有許多女孩子小花朵朵開。

「家裡沒問題了嗎？」

唉，他還是問了，作為導師他真的很關心學生，這是喜聞樂見的，可對我是困擾啊，不過我沒明確表示，人家怎麼會知道呢？

「沒問題，事情都過去了。」豆子低頭朝碗裡嚼幾口，便跳到我腿上，刁了顆貓食在我手上，「豆子，我不吃貓食。」豆子喵，在我旁邊的座位臥下，打起盹來。

「給我吧。」他把貓食丟回碗裡，「她昨晚肯定熬夜了。」

「貓也會熬夜喔。」

「貓和人一樣是動物啊。」

我輕輕地摸了豆子的頭、背部，牠的毛很柔順，摸起來溫熱治癒。我不禁萌生了想要養貓的念頭。

「對了，那個……」突然想到什麼似的，老師走到辦公桌拉開抽屜，拿出一包白信封，走回來遞給我。

是白包，應該是給蘇媛家的吧。我的上次婉拒，所以不會是給我的。

「請幫我拿給蘇家，上次去上香被她媽媽回絕了。」

不意外。可能那時候蘇惠不在吧，我想像著周心靚對老師咆哮的畫面，不過那應該不太可能……吧。將白包收進背包裡的內袋以免雜物擠壓，尤其那罐該死的補土——「啊，老師，這個。」我搬出沉重的補土。「這是我昨天從蘇媛工作櫃裡清出來的，還可以用，可以請老師幫我問問看有誰需要嗎？不然一直帶著挺重的，扔掉也很浪費。」

「妳可以下學期用啊。」

是沒錯，我可以放我工作櫃，但是「……我不想要。」

「為什麼？」

「因為、就不想……」

「是因為那是蘇媛的東西嗎？」

「……可以這麼說。」

不是我排斥使用過世之人所遺留下來的物品，而是如今這物品的原始主人是我非常熟悉的人，與其說我不想，倒不如說我不敢。

用了就會總覺得她在某一方盯著我看似的，一直一直盯著我看，一直一直用視線問我可不可以原諒她。當然這些都是毫無根據的幻想，只是我腦內……的衍伸物。我不確定是什麼樣的衍伸物，但是它存在，從聽到蘇媛自縊的消息起就開始滋長。

……如果我那時「原諒」她，會不會就沒現在這種無謂的煩惱？

「說不定蘇媛希望妳用它啊。」

「我？」

「因為妳們不是好朋友嗎？沒有人會希望在過世後自己的遺物被陌生人或不熟的人拿去使用吧，就算再怎麼大方的人也一樣，我是這樣想的。」

的確，我也不喜歡這樣，但即使如此我還是不太想……我默默搖了頭，「不要，我不想，我不要。」

「但是也沒多少人會想用啊，我拿出去勸他們用也未必會有人來拿。」

「那是暴力，老師。」忽然間我因為似曾相似的話語而惱怒，接著會令他人錯愕的一番發言就此脫口而出：

「要熟識的人接收遺物雖是第一想到的辦法，但那卻不是理所當然，我沒有這個義務做搬運工或清潔人員，如今我會幫蘇媛搬作品和清櫃子，一切都是因為我願意去做，加上我之前和她的交情。

——那樣就夠了，我覺得做到這份上就夠了。我希望什麼時候停止就什麼時候停止，那是我的自由，你們無從干涉，我做到哪一個點結束，就會在那個點完整把事做好。如果這是老師您擔心的，就不需要了，也不要再勸說，因為我沒有那個義務去完成你們認為『應該要完成』的事，強硬之下是變相的暴力，這您應該明白。」

他有點半驚嚇地點頭，說：「我懂了……那我就拿去問問看同學吧。」

「您可以不用提是蘇媛的，這樣就沒人會介意。」有點嚇到老師實在很不好意思，我稍微讓語氣溫和一點。

「隱瞞不太好，我還是會稍微提一下的。」

老師接過補土罐，看到我接連拿出保利膠和硬化劑也默默接過去，放在桌上。我拿出剩下的那瓶不明液體，問老師是什麼。

結果他也不知道，我們也不敢隨便亂開，萬一會散發有毒氣體就糟了，他建議我拿去化工材料行問問看。

那等等去買東西時順便去問吧。

外面在下雨，這個城市總是一到冬天就會變得濕冷，也許是位於北部的緣故，原本就冷的天氣加上雨水就變得更為冰涼，出門總是要準備雨具以備不時之需。

我不喜歡下雨，沾濕的鞋子我總是當下想盡辦法弄乾，深怕滲進鞋裡，我恨透沾濕的襪子，一點點就很討厭，但不知為何，蘇媛喜歡下雨。

有好幾次，只要一下雨她就不再接續當時的話題，安安靜靜地望著天空，露出淺淺、放心的笑。

「妳喜歡下雨。」

「是啊。」

雨水會洗去塵埃，讓一切潔淨。她說。

那她還真是適合住在這裡。

好一陣子的沉默，離校車來也還有半小時，要不要先出去等呢……

豆子醒了，瞇著眼頓了下首，舔舔手背後抓頭。

「妳休學的事情，不知道為什麼很多人來問。」老師率先打破沉默。其實他這個問題也在我預料內的百分之五十。

「真的？為什麼？」只花了不到一秒，我就決定裝作不知道有這一回事，我想聽聽旁觀者與相關人的兩種說法。

「好像是因為蘇媛吧，聽妳們學長姐說的，就是現在的大四。啊，我沒有告訴他們喔。」

「蘇媛怎麼了？」沒搭理他後半句的慌張，我故作驚訝地問道。

「聽說跟以前不一樣。妳也知道的，她以前都會和大家打成一片，妳走了以後就變得不太說話，路上有人叫她和她打招呼也都不理人，他們是這樣說的。」

這部分說法和喝巧克力牛奶的同學是一致的。「還有嗎？」

「嗯……她常常曠課，必修、選修都是，有一堂沒一堂的來，其他系上的任課老師向我反應這件事，因為他們私下問蘇媛都沒得到任何回應，課堂上要問的時候人也跑不見了，除了學生異狀外，他們也很難幫她打課堂上的分數。她上學期末甚至被當了兩堂主修和四堂選修，全部原因都是因為沒有交出期末作品，老師們都不知道該怎麼打分數。」他抿抿嘴，有些尷尬地說：「當然，我也把她當掉了，我不能偏袒任何一位學生，那會有人有意見。」

在我休學的那個學期，蘇媛跟著我填了班導開的選修課程，課程名字是「設計心理」，很有趣的一堂課，老師製作的上課簡報也不會太難以理解，我們都很喜歡，只是最後我不得不離開。

「她也是有來上課吧，狀況怎麼樣？」

「幾乎都沒什麼精神，感覺都在放空，不過這樣還比曠課好。」

有來上課至少可以觀察學生的狀況，而有來上課就代表，學生對於「上學」這件事還是有自知之明的，不是完全放棄了。

蘇媛知道自己不可以這樣，所以還是執意來上課嗎？不然依照老師說的上課狀況，她已經有一半是放棄了上學。

……還是，放棄了生活？

經男同學和老師這樣一說，我心裡一沉，腦子不受控地開始胡思亂想。會不會真的是因為我才導致蘇媛變成這樣？過了漫長的半年承受不住，進而自ㄕ……自縊身亡。

我垂頭輕輕嘆了口氣。

「允伶，我知道妳現在心情很複雜，但是……老師可以問個問題嗎？」

我沒有說話。他就當作是應允繼續問了。

「妳和蘇媛怎麼了？」

雨滴滴答答地沒有停，和方才一樣維持著同樣的雨勢大小，不小也不大，比一般普通的雨勢再小一點點。蘇媛說喜歡下雨的那天，下著傾盆大雨，走在路上的我們即使撐了傘還是浸濕了襪子，連書包也濕了一大半。

「不知道，我不知道。」

「怎麼會不知道？」

——我知道這樣很失禮，但是我沒有答話，也沒有抬頭起來看人。

叩叩。有人敲了辦公室的門，被轉移注意力的老師喊了聲「請進」，進來的是一位學長，他手上拿著一疊紙。

「欸！學妹，妳回來啦？」他看到我有點嚇到，聲音不自覺大了一點，受到驚嚇的豆子整個彈起窩到座椅底下。

「沒有，有事情暫時回來一趟而已。」

……他是誰啊？我確定有看過，但是不知道名字。

「這樣子啊，豆子爸，這個系助叫我拿給你。」豆子爸是老師的暱稱，我們從學長姐那邊聽來，因此連我們這屆也這樣叫，再傳到下一屆學弟妹。「對了，既然學妹妳在，那蘇學妹也在吧？我那邊有朋友想認識她。」

「什——」蘇學妹？指的是蘇媛嗎？班上沒有其他人姓蘇，下一屆也只有兩個人姓蘇，不過都是男的，這次一年級的我又不認識，而且——蘇學妹也在？他不知道她已經……不在了嗎？

「蘇媛啊，她不在嗎？」他是真的不知道還是假裝的？

「她……她不在了……」一旁想要阻止他繼續問下去的老師也張著口愣在那邊，不知道該如何應付突發狀況。

「咦？她不在嗎？那請妳幫我聯絡她好了，她好像經很久沒來上課了呢，都遇不到人，明明昨天可以遇到的，今天又錯過，唉。」聽不出話中意的學長自顧自地說下去。

「昨天？什麼意思？」聽見奇異的關鍵字，我立刻抓緊時機問道。

「下午啊，我在停車場牽車的時候，旁邊的一輛摩托車腳踏板上放了一頂安全帽，那不是蘇媛的嗎？」

「安全帽？」

學長在空中比劃大小，「黑霧面、白色邊的安全帽，上面貼了很多潮流圖樣的貼紙，那不是蘇媛的嗎？我不會看錯的。」

❖ ❖ ❖ ❖ ❖

看到我半濕透模樣的蘇惠，慌慌張張地推開柵門，拿過紙盒幫我抱進屋子裡。

從學校離開以後，我決定先把作品搬去蘇媛老家，不然也不知道要放在哪裡，放在租屋可能又會被現任屋主清掉。說到租屋，我還沒全部檢查完，等等和蘇惠要屋主的聯絡方式，請清理再稍緩兩天。

入屋後雨聲瞬間小許多，剛剛搭公車的路上雨勢突然變大，就像有人拼命往地上潑水。幸虧自己有帶傘，但一邊抱著盒子又要撐傘實在是頗為困難，右手痠了就換左手，中間一度掉了傘，不管怎樣，總算是成功抵達蘇媛的老家，鞋子當然也濕了，都不知道自己是走在地上還是水裡。

說明來意後，蘇惠打開紙盒看了看，一臉困擾。

「看您怎麼處理吧。畢竟您也是蘇媛的親人，我們無權負責。」我拿著遞過來的毛巾按壓頭髮，將它弄乾，但毛巾的作用也頂多只能讓髮尾不滴水。我脫下外套到門外走廊甩掉一些水分。

「這個紙……我就燒掉了，但是作品……」

回到客廳後，蘇惠翻看著那些小型作品，有很多作品都是塑膠或矽膠材質，任意燒毀可能會有空氣污染的問題，若要丟棄只能選擇回收了。

「如果您想為她保留也無不可，想丟棄可能要丟回收。」

「我……雖然我很困擾該怎麼辦，但這畢竟是她生前努力做出來的東西，隨便回收好像不太好。」

「那就收著。」

她默默蓋上盒蓋。

「妳把鞋子脫了吧，我這邊有乾淨的拖鞋可以借妳穿回去，等等和吹風機一起拿給妳。」

「真是感激不盡。」有乾淨不溼答答的鞋子可穿真是太好了。

要我坐著休息一下，蘇惠抱著盒子離開客廳，我依言坐在木椅上，看見那個狗項圈被放回了雜物堆。

這裡是我撞見周心靚的地方。

再度看到那個狗項圈時，我想起以前高中有次和蘇媛聊天時，她提過她以前養過一隻狗，養著養著不知道為什麼就過世了，我當她在開玩笑，因為她是以輕鬆搞笑的態度在說這件事。

可現在看來，或許不是開玩笑。

前天在醫院的時候蘇惠說以前蘇媛家有養一隻狗，不知為何某天失蹤了；蘇媛說狗養著養著就過世了。

那個狗項圈很可能就是那條狗的。

不過狗最後去了哪裡，兩個人說法都不同，如果蘇惠是正確的，那蘇媛說「過世了」可能就是指——狗失蹤了，對她而言就是不在、過世了。反過來若蘇媛是正確的，那蘇惠會說「不知為何失蹤」的可能性有兩個：第一，她不知道狗狗過世，只得以失蹤判斷；第二，有人告訴她狗不見是因為失蹤。

蘇惠回到客廳時我假裝不經意地問起那狗項圈，她回答狗失蹤了，和前天一樣。

「您怎麼知道？」

「什麼？」

「狗失蹤了，您怎麼知道。」

「喔，蘇媛自己說的啊。」她放下手中的托盤，托盤上放的是一壺用白瓷茶壺盛裝的茶，味道聞起來非常沁人心脾，涼涼的味道似乎有放薄荷。

蘇媛自己說的。

對不同人有不一樣的說法。

但是，為什麼？

「我搬進來前，問她說狗狗怎麼不見了，她就說不知道為什麼跑不見，所以我就想是失蹤了。」

跑不見和失蹤，前後意思差不多，她會這樣理解也是對的，換作是我也會這樣想——等一下，

「搬進來？」

「我沒告訴妳嗎？五年前我開始照料蘇媛媽媽時就住進來了。」

「不，這您沒有說啊。為什麼直接就搬進來了呢？」照理講，不會這麼果斷就住進來吧？應該會先有一段來來回回或寄住的日子，而且我記得蘇媛親戚家裡不是很排斥周心靚嗎？如果蘇惠要搬到蘇媛家，親戚間應該會鬧翻吧。

蘇惠愣了下，喉間發出短促的「呃」，似乎正在猶豫該不該說。

她站起身。

「……等我一下。」

看著她略微駝背的身影走進沒有開走廊燈的入口，我聽見拖鞋在石階樓梯踩踏的聲音，越來越遠。

幾分鐘後她慢慢走下來，手中捏著一張紙，自暗處步出。

「妳可能會不太相信……」她腳步有些微蹣跚，似乎有所顧慮。那大概是她不太想說的事吧，我是不是不該追問她搬進來的事？

最後，她坐回原位把那張紙推到我眼前的桌面，縮回身體低頭輕輕嚙咬著手指，身體在椅子上前後緩緩擺動著。

紙是一張老舊的相片：大家庭合照。位置在一幢三合院平房前，數來有十五人，最中間是一對新婚夫妻，應該是大家族裡有人結婚時拍的，照片經時間久遠有點褪色，導致顏色不甚飽和。相紙背面泛黃。

「這個是蘇媛。」她指了其中一個短髮小女孩。其中畫面中也只有她和另一個被抱在懷裡的嬰兒是小孩，其餘全是大人。

短髮小女孩牽著某一男人——應該是她父親蘇胤——對著鏡頭抿嘴，就和其他大人一樣，有禮貌性的和善微笑。

其實蘇惠沒有說我也知道那是蘇媛，那笑容一看就知道是她，幾乎和認識她這段期間沒有區別：抿嘴的微笑附帶左臉淺淺梨渦，配上烏黑的大眼——

——白色部分甚少、幾乎全要被漆黑覆蓋。

而透出的眼神，就像被抽掉靈魂一樣失了焦。

第六章

「這是蘇媛的爸爸嗎？」我指著與蘇媛牽在一起的男人，他有著與蘇媛神似的雙眼與鼻子。兩人的眼睛差別就在眼白與黑眼珠的範圍多寡。

蘇惠點點頭。看來那人就是蘇胤，我記得前天蘇惠告訴我他五年前失蹤了。

那站在蘇胤旁邊的應該是周心靚吧，略薄的雙唇與臉型和蘇媛相差無幾。

他們一家三口站在畫面最右邊。

「妳不是問我為什麼直接搬進來嗎？」

蘇惠垂眼，看著那張照片緩緩開口：「……五年前，就是蘇媛爸爸蘇胤失蹤的那一年，他失蹤後的沒幾天，我們家某天晚上無預警起火，聽調查好像起火點是我父母——就是蘇媛的爺爺奶奶——的房間，是電線走火還是有人蓄意，當時也沒辦法調查得徹底。

那晚火勢很大，鄉下地方要叫來消防車也要一段時間，靠近的人都被濃煙逼退，完全找不到縫隙可以進去救人，等消防車來，也已經燒得差不多了。

那時候我為了安撫周心靚人在蘇媛家借住，所以逃過一劫。

除了我、周心靚和蘇媛……」

蘇惠嘴唇緊閉。臉上的皺紋、漸灰的髮，時間刻劃殘留的痕跡讓她看起來更哀傷。

「其他人都在那晚，活生生被燒死。」

啊………

「對不起。」

「沒關係，是我忘了說。」

蘇惠會直接搬進蘇媛家是因為，她也沒有地方可以回去。

她的家人、蘇媛的親戚與親戚小孩們，全都在那一夜裡隨大火燃燒化成灰燼。

五年後，蘇媛走了，周心靚也走了，蘇胤生死未明。

某方面來說，我和她是境遇相像的人，因此在聽到的當下心裡瞬間閃過一句話：啊，他們也一樣不在了。

……是妳……那是妳……

對不起。

蘇惠說沒關係，但是我好想哭，我在內心拚了命的壓抑，不斷責罵自己沒有資格哭泣、不要當受害者、不是受害者、不要安慰自己、哭泣並沒有用。

責罵顯然奏效了，內心只剩淡淡的嘆息。雨聲漸小，從拉門照進客廳的光線忽明忽暗，我和另一人沉默著，她背上映著拉門紗窗透出的格狀光影就像張細網，懷裡窩著一團影子。

我雖然很想問周心靚的後續，可在這段時間上別問比較好。

真尷尬，喝茶。

「那個……」最先打破沉默的是蘇惠，謝天謝地，我真的不知該如何去戳破尷尬這層薄膜，

「妳為什麼……感到抱歉？」

感到抱歉？我抬起頭不解地望向她。她很嚴肅，但是我不懂她的問題。

「呃、我是說，妳說對不起，是為什麼？」

虛無而真實。那說話的語氣讓我想到蘇媛，她說話有時候也像那樣子，我一直無法習慣，

「……因為我勾起您不好的回憶。」

她看著我，雙眼緩慢地眨了幾下，僵硬地轉過頭，我瞥見她眉頭緊蹙。

「妳不是那種人，對吧？」

「什麼？」

像剛剛一樣，她囓咬著手指（從這邊看不清楚，或許是指甲，吃飯時發現她指甲很短），猶豫不安。

「妳……妳會聽我說話、也對剛剛那件事的提起感到抱歉、還幫蘇媛從學校搬作品回來。我、我不相信妳是那種人，妳不會是的，妳不會是那種人……」

「您冷靜點，我不懂您的意思。」我站起身走到蘇惠旁想安撫她，但她見我走過來卻像被驚嚇到一般彈到門邊。

「先別過來！」她的聲音縮緊。

我停在原地，不敢輕舉妄動。

蘇惠調整自己的情緒。深呼吸、吐氣，深呼吸、吐氣。過了好一會兒，她才慢慢開口。

「有人告訴我，妳在火車站月台要離開時、笑了。」

笑了？什麼？是指前天我要搭火車離開的時候嗎？我記得那時候因為接到警方的來電不得不中

斷行程——那時候有人在看著我？可是「笑了」是指……

「妳記得前天我在路邊買了一碗花生豆花嗎？妳問我為什麼，對不對。」

「嗯……」

「那是蘇媛很喜歡的一道甜品。」她露出了難過的笑容，「她自殺前，桌上擺了一碗花生豆花。那碗豆花，警方驗出有微量的毒性，而前天的驗屍結果出來了，周心靚的胃裡和唇邊也含有微量的毒性，經比對後發現和那碗豆花的毒是一樣的。」

「——等、等等，什麼毒？豆花？有毒？什麼？」資訊量不多，震驚度卻很大，我一時無法消化，語無倫次地拼命想了解。

「蘇媛可能，在上吊前就想服毒自殺，但是怕沒死成就改成上吊，我是這樣理解的……」不等我做出回應，她自顧自地繼續說下去：「為什麼她會想自殺呢？我以為是因為家裡的事讓她壓力過大，才逼得她走上這條路，但有人告訴我不是這樣，她會自殺其實和她多年的好朋友有很大的關係。那個人說『好朋友』很冷血，完全不對蘇媛的死感到愧疚，完全不曉得其實是自己害死了蘇媛，還能若無其事地來給她上香，而周心靚會死也是因為痛失女兒，加上精神失常才選擇自殺。」

……——！

腦袋彷彿灌了水，在不注意時淹沒到意識的腰際。

「我不是有意的，但是我、我也不清楚蘇媛到底怎麼了，那個人說要幫她們報仇，我必須有所協助……」

眼皮像鉛石一樣沉重，強迫我拉下黑幕。

「……不起……對不……起……」

沒關係。

人在無助的時候總是會亂了選擇與方向，我也經歷過。

雨聲、蘇惠說話的聲音瞬間全無，連薄荷的味道也迅速消失。

我被黑暗包圍，摔落無意識的洞。

❖❖❖❖❖❖

我沒有作夢。

我只記得前一刻像是睡著般失去意識，恢復意識時眼皮還是閉著的，但我想到的第一件事就是「作夢」。很難得的我沒有作夢，雖然有可能是忘了。

近一年都是多夢的，而且每一個夢境都稱不上好，可也不算太壞。

現在可能也是。我想。總覺得沒到太壞，但也近了，希望是在預料範圍之內的壞就好，比如說我現在不是在所想的那人家裡。有股視線似乎正直直盯著我看。

我勉強睜開眼。

…………

閉上。

該死。

「醒了就起來。」魏俐安說。

有些奮力地撐起上半身，手掌壓到略硬的床鋪。揉揉乾澀的眼，頭有些沉。

我想起薄荷茶，裡面可能放了安眠藥。

「妳怎麼會在那裡睡著？」魏俐安站起身，關上煮開的熱水，拿了一旁的馬克杯，倒入熱水，可可的甜味飄了出來，看來馬克杯裡有放即溶粉吧。

「……啊？」

「妳是還沒睡醒喔，我在問妳怎麼會在蘇媛老家睡著。」把杯子遞給我，不食甜的我連忙擺手拒絕，可杯子依舊停在我面前，她散發出不容拒絕的氛圍，我只好默默接過暖燙的杯子。

頓了一下，腦子快速轉動。蘇惠在我失去意識前對我說了那些話，她看起來是在為「吳允伶的為人」與「某人的話」兩相碰撞產生衝突而感到崩潰，也許是我的「為人」觸發她心中某種……可能傷口——我不知道，大概是。

魏俐安剛剛問我怎麼會在蘇媛老家睡著，那就表示蘇惠沒有告訴她真實的情況，或者她已經知道我為什麼會在那裡「睡著」。

「不知道……妳也真變態，一直盯著人看。」我翻身下床，尋找背包。

聽到這句話魏俐安錯愕了下，她肯定想到她近日的某些行為：「我沒有。」

「妳有。剛剛我躺在床上的時候妳不是一直盯著我看嗎？」

「喔……那個、我是想看妳醒了沒，因為妳睡很久了。」

「多久？」背包不見了，視野內都找不到，翻起被子也沒有。

「現在是晚上十點多接近十一點。」

「咦？」我驚訝地看向窗戶，玻璃映著房間內的影像。其實我大概知道為什麼會那麼久，因為我自己也吃過，只是現在太過冷靜反而會引起某種程度的懷疑。
「看看妳睡多久，」她有些嘲笑地說道，「要吃飯嗎？」
「唉……有什麼？」
「泡麵、即時粥和生啤酒。」
「後面那個根本不算是可以當晚餐的東西。我出去看有什麼可以吃的好了……」如果能藉此找回背包就好，我的手機和錢包都在裡面，她總不可能不給吧。
「我去就好，妳待著。」
她搶話直接幫我做決定。
「……喔。」
「要吃什麼？」她從掛在椅子上的背包裡拿出錢包。
「滷味，記得幫我夾百頁豆腐。」
「嘖……等我回來。」
她一臉覺得麻煩的表情出門了。門傳來反鎖的聲音，我就知道。
從學校坐到蘇媛老家時我就知道了。
但我還是走到門邊轉動門把，說：「幹嘛鎖門，又不是沒人在家。」
門後沒有回應，看來她鎖完門就直接離去。
不浪費時間，我開始尋找我的包包。
今天早上要從學校坐去蘇媛老家附近的公車站牌時我有個小發現。

在那段路程裡會經過魏俐安的家，然後再到達目的地，我來這裡第二天就是從投宿的旅館要去蘇媛老家上香，魏俐安是中途上車的。

再來，今早要去學校前，我坐上了咖啡店附近的公車，途中停了兩個站，分別是前天我等公車的地方和火車站。而前者就是我被提醒「跟蹤」的地方。

咖啡店到那裡不超過十分鐘，非常快。

但是因為有開去火車站的緣故，因此公車車程比直接自行到達還要長一點，約莫半小時，自行前往預估是十到二十幾分鐘吧。

背包在衣櫥裡，被一堆衣服層層埋沒，我輕而易舉就挖了出來。

好的，被她拿走的那些東西在哪裡呢？

學校開去蘇媛老家那裡要花上快一個半小時多。而之前我有印象是，從前天投宿的旅館附近的公車站牌開到蘇媛老家要花上一小時多，所以學校到達旅館的路程有半小時，旅館到魏俐安家前又停了兩站，相距不遠所以有二十分鐘左右。

從河堤附近的公車站牌，到魏俐安家，以公車路程時間算，約有兩小時又十分鐘，如果是騎機車或開車四十分鐘就可以了。

我與蘇惠分開去等車的時間是晚上八點多快九點。

那個時間她為什麼會在那裡？大老遠去找蕭凜軒喝咖啡嗎？也是不無可能，但如果是我就不會這樣做，除非我晚上閒閒沒事幹。

假設她真的是去喝咖啡，然後前往咖啡廳的途中看到我，那回到之前的問題：她為什麼知道我被跟蹤？

如果她會知道，那就代表她跟蹤我或「跟蹤狂」有一段時間。

蘇媛的手機和一個用資料夾裝起的「私人資料」被放在書桌和書櫃之間，移開擋在縫隙間的畫筒就可以看到。縫隙不小，手可以勉強伸進去，好不容易撈出來，我迅速的塞進背包裡。

哼，既然她藏我東西，那我也要藏她的東西！雖然這並不屬於她。

也或者，都沒有。

蘇惠今天上午說了，「那個人說要幫她們報仇，我必須有所協助」，「那個人說『好朋友』很冷血，完全不對蘇媛的死感到愧疚，完全不曉得其實是自己害死了蘇媛，還能若無其事地來給她上香」。

愧疚。害死。上香。

我現在可以大膽假定「那個人」就是魏俐安。

當然因為蘇惠，她早就知道我會在那裡，會去哪裡搭車。

「跟蹤」不過是藉口，她的目的是要把我帶去謝正良的咖啡店。

而事實也證明，謝正良和蘇媛有關係，那頂安全帽就是鐵證。

在去蘇媛老家的路上我給謝正良發了訊息詢問安全帽的所有者，當然包含「他和蘇媛」是什麼關係。他到現在都還沒有回我，那個已讀很令人火大。

門被反鎖，我沒辦法從這裡出去，就算要用房間內現有的物品來開鎖，在逃脫前她早就回來了。附近的滷味攤在大馬路分岔路口，距離是兩條街巷，在學時蘇媛曾經帶我去吃過。魏俐安出門到現在已經有十五分鐘，如果客人不多現在滷味已經裝袋。我得趕快離開。

只剩陽台。我急忙推開，冷風呼呼。

這裡是五樓，下面雖然也有其他人家的陽台，但從正面下去恐怕會引起騷動，只能從旁慢慢下去，我回頭尋找有無繩子。

很不幸的，沒有。唯一能稱為繩子的大概只有被丟棄在垃圾桶的斷裂的粉紅色塑膠圈和畫筒背帶。雖然也是可以用她的衣服或薄被子做成一條牢固的繩子，但時間緊迫，我無法在這麼短的時間內做出來，況且估計做好後也還是很短。

要冒險爬陽台嗎？我看了這高度，摔下去不死也半殘。

哈啾！

冷風中，我忍不住打了個噴嚏。攀上積了一層厚灰的水泥牆，使勁把自己翻過去，我跌落在乾冷的水泥地上。

這裡是頂樓。

魏俐安家在這棟舊透天厝的五樓，樓上還有一名住戶，再來就是頂樓了。基於趕時間，我抬頭時彷彿看到了一絲希望——樓上的人不在。我便一腳踩上鐵欄杆，搆著綠色遮雨棚努力爬到樓上住戶的陽台。

其實我並不知道樓上住戶是不是確實在家，我只是看到樓上沒有房間燈光，便抱著「樓上住戶不在啦」的心態爬上去。時間緊迫，管他的。

過程還差點扭傷腳，看來我應該要多運動才行，自從休學後就很少運動，雖然休學前也差不多。

「大姊姊。」

「哇！」

完全沒預料到會有其他人在頂樓，我反射性驚呼出聲，愣了下後連忙摀住自己的嘴巴。這個動作完全沒意義，我到底在幹嘛啊……

在另一邊，坐著一名戴毛帽的女孩，她前面有一根蠟燭，仔細一看是根白色的蠟燭，在冷風中像是要隨時熄滅掉，正當我這麼想的時候它就瞬間熄滅了。

女孩僅是看了一眼，又從外套口袋內掏出打火機點燃燭芯。

就著燭火，我這才看清女孩的樣貌。她長得很有氣質，是漂亮的類型，年紀看起來是國中生。

「妳是小偷嗎？」

沒想到會被這樣質問，我慌張地擺手：「不不不是！我是因為有種種複雜的因素才會在這裡——」

「……」

「真的啦……」

「我不是壞人喔。」女孩說。

「呃、好。」聽到奇怪的回答，我只是訥訥點頭。

「妳打擾到我了。」

「……不好意思打擾了。」

奇怪的女孩轉過頭繼續盯著蠟燭看，她是在做什麼儀式或祈禱之類的嗎？可是她沒有做雙手合十或交握的動作，也沒有喃喃自語。

不對，我現在應該要趕快離開這裡。

通往室內的頂樓大門是關起的，既然那女孩在這裡就代表她是住戶吧？很有可能是住在六樓的人，大門應該不會是鎖起的才對。

我轉動門把，果然可行。

正當我要推門而入時，我聽見了機車的引擎聲，劃破了夜晚的寂靜。像受驚的貓一震，我跑到牆邊往下看，有一團暗暗的物體轉進巷子裡，最後停在我正下方樓下，暗暗的物體，極有可能是魏俐安買完食物回來。看來是暫時不能下去了。

「大姐姐。」

「呃、是。」

「妳是五樓的朋友嗎？」

「咦？」

「我上次下樓時看到妳。」

「喔……」應該是大前天來拜訪的時候，或者更早以前，「不算是。」

「妳們好像。」

「好像？」

「好像長得不一樣的雙胞胎。」

「……雖然不太懂，但我可不喜歡這種說法。」

到目前為止，已經有好多人說我和魏俐安很像，只是那些私語都在暗處流動，親耳聽到的也只有兩個。

「妳的眼睛和她的眼睛不一樣。」

「是不太一樣。」我是不太明顯的雙眼皮，她則是內雙。

「她目中無人，我不喜歡她。」

「目中無人？」

「妳的眼睛不會，我不討厭妳。」女孩沒有正面回答我的問題。好吧，算了，我也不是很有興趣想知道。

「……謝謝。」

沒有再接下去彷彿異次元空間的對話，我思考著待會離開後要去哪裡。

背包傳來震動，我挖出陷在衣物裡的手機，不意外來電，這次直接果斷掛掉，順便關機。

幾秒鐘後樓下傳來摔東西的聲音，還有憤怒的吼叫。

雖然在預料內，但我還是有點嚇到。

「瘋子。」女孩說。燭火又熄滅了。

魏俐安一陣摔吵之後突然沒了聲音，還聽到一些小小的爭吵，顯然是樓下有人敲門去抗議。

接著傳來是遠處的機車引擎聲，隨著駛遠越來越小，我連忙推開門離去。離去時女孩依舊坐在原地，看著燭火，滅時又點上。她要等蠟燭燒完嗎？

我輕手輕腳地下樓，就怕吵到住戶，然後從魏俐安離去的反方向跑。

——要是被抓到就糟了。明明不清楚她會對我怎麼樣，也不清楚她是抱著什麼想法要把我留住，我就是使勁地往前跑，正確來說應該是逃跑，反正距離先越遠越好。

剛剛在頂樓等待時，我又開始思考先前推理的矛盾點。

魏俐安可能因為蘇惠的「通知」，所以才知道我人會在哪裡。

但是，如果我們沒有去河堤，如果我沒有接受蘇惠的晚餐邀約，那她要來醫院找我嗎？在醫院門口說我被跟蹤了？那裡可是有警察的，當天她不可能沒被訊問，一定在我之前或之後，只要她過來一定會被懷疑在事件上跟我有關係。

還有，如果——如果沒有發生周心靚那件事，我們大概上完香就會分開，我也能搭上車了。

我突然有很恐怖的想法。

如果周心靚沒有倒下，我就不會去醫院，也不會跟著蘇惠去吃飯去河堤聽故事。

而在去上香之前她曾經罵過我對蘇媛的死毫無愧疚感，一般人聽到之後一定會感到些微自責，因此不太會拒絕剛失去親人的家屬的要求——她知道我會跟蘇惠走。

假使周心靚沒有去世，我有一半機率不會接受她的邀約，因為我當時並不知道她和蘇媛有過較接近的關係，也不認為她會需要什麼傾聽者。但如果是周心靚邀我，我會答應，因為她的女兒是蘇媛。

若她要我接受蘇惠邀約的機率是百分之百，那周心靚就必須出事。

周心靚的死是預謀好的。

有了這個結論後，我對魏俐安的害怕變成了恐懼，原本是因為強勢而害怕，現在是因為推理出來的結論對她感到毛骨悚然地恐懼。

我越想越毛。夜晚突然飄起了細雨，我騰出手拉起外套的帽子套上，拐彎跑進另一條街道。街巷裡迴盪著踏踏的奔跑聲，就像有人追在我後面一樣。

❖ ❖ ❖ ❖ ❖ ❖

「為什麼會發生這種事？」

關掉出水，我瞥見水龍頭上映著我壓扁的頭與上身，像異形，暗自慶幸不是我具體的樣貌。熱氣很快地蓋過，糊去映像。

「妳知道為什麼嗎？」

「心裡有沒有底？」

我擦乾身上的水珠，把衣物套過包著毛巾的頭，一些濕冷的髮尾貼到頸背。

「這種事，我也不曉得。讓我安靜一下好嗎。」

居然在這時候想起那件事，是因為和現在的事有所相關嗎？希望不要在接下來的幾天日子裡出狀況。

半夜十二點。

剛剛在外面，我很儘量別跑到大馬路邊，否則太過顯眼，一定馬上就會被抓到，我剛開始只是胡亂又小心、緊繃地轉過一條巷子又一條街巷，等自己稍微冷靜後，慢慢停下來，用走的，直到看到一間亮著招牌的汽車旅館，便去詢問空房，最後買了幾小時的兩人房，床被都是粉紅色的讓我有些無言，可仔細想想這裡是汽旅，也就沒什麼好意外的了，反正今晚本就不打算上床睡覺。

吹過髮後我將背包裡相關的東西在地上攤開來：筆記本，資料袋，和兩支手機，因為我手機裡存放了完整版的交易紀錄，也算是相關物品，先拿出來以備不時之需。

我把資料袋裡的東西全部嘩的一聲倒出來，幾張紙飄了稍遠，我伸長了手撿回，是幾張成績單、一張證書和獎狀，都和學業有關，成績單表現普普通通，不是特別好也不是特別壞，自然也沒有書卷獎的殊榮；證書是大學畢業的門檻之一，還記得一年級考試時很多人考了八十分，只有一兩個考低於八十；獎狀是某藝術節舉辦的海報設計比賽，昨天才剛交給蘇惠而已，她或許會掛在那家裡的某個地方。

……某個地方會是蘇媛以前的房間嗎？

雖然我不清楚自從她搬出去以後她的房間是否留存，但我的情況是，上了大學時學校規定一年級必須住宿，從那時起我家裡的房間就被改建為客房，原因是常常會有父母的朋友來拜訪，就算我回去也是睡在那裡，感覺有種說不出的複雜。

被通知房間已改為客房時是我上大學第一次回家的時候，雖然有點錯愕，但我卻接受了現實，我當時想，他們這麼做一定有他們的理由以及其必要性。可是為什麼不事前告訴我呢？連問我的意願也沒有。

回到學校後我問蘇媛她老家的房間，她說她不清楚，本來房間東西就不多，所以應該是清掉了。會偶爾回去嗎？她想了一下，說會，但不曾去那個房間，通常都當天來回。

因為距離遠的關係，我並不常回家，一年級時是一兩個月回家一次，上了二年級後就變成連假才回去。本來在家裡就不是特別受照顧，也沒什麼和家人交流，就覺得有沒有回去都沒差。

…………

除了學業的相關物外，我推開沒什麼用的紙張拿起夾在中間稍有厚度的紙製品。

那是信件，總共有三封，每一封都有點鼓鼓的。

收信人是蘇媛。寄信人信封上沒寫，連地址也沒有。

信封的上端被平整地切了切口露出一點內容物，我全一把抽起。

除了該有的信紙外，還有幾張千元大鈔，算來有五餘張。是生活費嗎？她們不知道蘇媛有打工？

呃、不對，那種「打工」，她們不知道也很正常。

把小朋友放回信封袋內後我攤開略泛黃的信紙。

媛：

我是媽媽。

請妳永遠不要回來，求求妳。

這是內文開頭。

顫抖的筆跡深深地、深深地，刻進脆弱的紙面。

第七章

零點十三分，粉紅雙人房，周心靚

媛：

我是媽媽。

請妳永遠不要回來，求求妳。

很抱歉原諒我必須這麼說，因為我壓力真的很大，又很害怕。

我想妳不知道我和蘇胤結婚之後看到了什麼。喔不，妳怎麼可能不知道，我打賭妳知道我看見之後肯定偷偷告訴他，因為你們倆的關係是如此噁心，令人作嘔，根本不是一般普通父女那樣單純的關係而已。

我看見你們的行徑之後，夜夜難以入眠，每晚都是那些人痛苦、求助於我的眼神，那一雙一雙眼彷彿都在尖叫著，我心隨之恐懼，和他們一樣，當我看見你們能夠那樣若無其事地像吃完飯上完廁所，我就打從心底害怕，渾身戰慄不已。

我無法相信結婚前，那樣溫柔體貼，對我如公主般服侍的男人是殺人魔。而他的女兒，也被培育成殺人魔。

你們是惡魔！是殺人行徑令人髮指的惡魔！

我在察覺不對勁之時就四處打探蘇胤以前的消息，結果妳知道嗎？每個人說的，和我聽到的都一樣：蘇胤為人正直，是好人才，是好青年，是大家都喜歡的人。

每個人都被他外表騙了，沒有人知道他私下是什麼樣的人，連他的家人也不知道，他的父母甚至警告我不要打他財產的主意。

——什麼？他們每個人都以為我在打他財產的主意？那種人賺的髒錢我才不屑花，我會問他財產的問題是因為他有時候會買一些他殺人時的「工具」回來，而在看到之前我從來不曾看過他使用，更別提收在哪裡。還有，他不讓我看他的存摺，某次我偷偷打開，看見了我都不敢相信自己的眼睛，每筆存入數目都大得嚇人。

他明明是個普通上班族而已，那根本遠遠超過了一般上班族一個月的薪水，每兩個禮拜存入一筆近數十萬元甚至百萬元的金額，天知道在我認識他以前就殺了多少人！

……為什麼我會愛上這種人……

……為什麼我會愛上這種人，和他結婚生子……

我不禁怨恨起當時的自己不長眼，為什麼會被愛情沖昏頭。

妳不知道我這幾年是怎麼走過來的。因為蘇胤我備受屈辱，因為你們，當其他人在我面前說妳先生妳女兒多好，擁有幸福美滿的家庭，我都不敢告訴他們，你們才不是這種人，我們家庭也不是盡如人意，它支離破碎，偏離正軌，不斷傳出尖叫聲。

但是沒人聽得到。

我試圖帶著其他人去你們的「工作室」，試圖暗示他們實情，但總是被他引導到其他地方，最後還變成好朋友好客戶，搞什麼！

每個人都當我瘋了。

就算我當著他家人的面說出「連自己家人畸形成這個樣子還完全不知情」，還是沒人相信我。

羅比不見時，我就應該要逃走才對。

我應該直接說出實話，而不是暗示，那根本沒用。

雖然蘇胤不見了、妳搬出去了、親戚們都死了，但是我的害怕依舊沒有消除。

我知道妳有回來。

儘管蘇惠說沒看到妳，但是我知道妳有回來，妳人就在下面，我聽得到妳。我告訴蘇惠，她以為我瘋了，要我去躺著好好休息。

我知道——我都知道，每當半夜或是傍晚，地板下傳來窸窸窣窣，傳來那些死人的尖叫，我就知道妳回來了。妳接手了妳父親的「事業」。

妳也繼承他的心狠手辣，甚至冷血無情。羅比死得真無辜。

會不會有一天，就輪到我和蘇惠。

……我恨妳。

我只能求妳不要回來，把妳的「工作室」搬到其他地方，不要再來干擾我的生活。

我求求妳。

不要再回來了。

媽媽

❖❖❖❖❖❖

我折起信紙，盯著信封上的收信人名字許久。

事情變得比先前複雜了。

現在的心情就和當時聽到蘇惠說蘇媛有可能是想服毒自殺一樣震驚，那種驚嚇程度就像突然看見企鵝在天上飛。與所知衝撞的驚嚇。

沒想到這封信是周心靚寫的。若這封信所言不假，那之前她為什麼要到親家打探蘇胤、蘇媛為什麼會接觸到那種「打工」以及為什麼周心靚會發瘋的原因都有了解釋。

而且既然她在信內寫說「接手了妳父親的事業」，那就代表她知道蘇媛有在賺錢，既然如此為何要寄錢給她呢？總不會是要給她錢要她別再回來吧，又不是八點檔。

我稍微瞄了其他幾封，只有一封裡面有信外加紙鈔，其他就都是各幾張相同數量的小朋友。她之後還有繼續寫信給蘇媛嗎？但是為什麼……

我抽出信紙，內容很簡短。啊，不是她寫的。

雖然妳媽不讓我看她寫給妳的信，可是我大概知道妳們吵架了。

有空就回來好好說清楚解開誤會，彼此談開吧。

p.s.我知道妳一個人在外面有打工，但我還是寄一些生活費給妳，畢竟一個人要在外面生活實在不容易。

姑姑

那些錢是蘇惠寄的。「妳媽不讓我看她寫給妳的信」，可能蘇惠是幫忙寄信的人，問了周心靚可不可以稍微看一下，被理所當然地拒絕了，因為擔心蘇媛一個人在外生活，於是連生活費一併寄過來。

總覺得周心靚會寄錢實在是不可能的事。信件內容表達對蘇媛的怨恨憤怒就像那天瘋狂的笑聲。

看來蘇惠並不知道蘇媛是靠什麼維生的，她連她們家的狀況都不清楚，周心靚難道沒告訴她嗎？都寫了那封信還是什麼都沒說？為什麼？

我猜想可能是有什麼原因會讓她對「直接說出實情」有所顧慮，雖然最後面說了「會不會有一天，就輪到我和蘇惠」，這也可以當作她始終不直接明說的理由，但她會寫出這句話是卻是因為蘇媛的「回家」。

她以前說過，偶爾會回家，卻不曾去過自己的房間，「回家」大概就是那個吧。

內文後來又提了為何發現蘇媛「回家」的原因：「每當半夜或是傍晚，地板下傳來窸窸窣窣，傳來那些死人的尖叫，我就知道妳回來了」。

「妳接手了妳父親的事業」。

從這段可以得知，蘇媛「回家」的時段並非白天，去的地方則是那個家的地下室，而那個地下室是她和父親蘇胤的「工作室」，或許她就是在那裡被傳授「事業」，蘇胤失蹤後便接手。

那，既然是那個家的地下室，為什麼蘇惠會不知道？她住進去應該會曉得，進而得知工作室的存在才對，也就會相信周心靚所講的話，不會告訴我自從蘇媛離開家以後就再也沒回去過。

我想出來的假設因素都能很輕易地就推翻了：周心靚為了不讓蘇惠知道，極力阻止她經過或前往地下室的通道，但是蘇惠可以在她不注意時前往；通往地下室的門鎖住、鑰匙也不見了，但是蘇惠可以請鎖匠來開。

什麼情況，會在本人住進甚為熟悉的屋子裡卻不知道地下室的存在？

地下室的入口很隱密，也許被某些家具或建築擋住，一般人很難發現；或是並不在那個家，在其他地方，而入口會通到蘇媛老家的地下室。

所以周心靚才會說「回來」。

蘇媛自從蘇胤失蹤以後，時常回到工作室繼續切割人體並販售交易，我翻開筆記本最後那幾頁，上面記錄的時間是幾個月一次交易。蘇媛並不常回去，只是剛開始某幾個工作天觸發了周心靚的恐懼，所以她才寫信給她。不過也可能正因為如此，每筆交易是幾個月一次。

……或許蘇媛她，很為母親著想。

自己的父親失蹤以後，她知道母親並不喜歡自己，於是自己一個人搬出去，請和母親關係不是太壞的蘇惠代為照料，為了自己的生活費和學雜費，她繼續手頭上的工作，母親寫信來說請她別再回來，她便隔幾個月才回工作室，畢竟她也得生活，或是接手的工作在那個領域無法脫手。

但是她母親憎恨著她，在信的開頭便點明主旨：請妳永遠不要回來。

親人的憎恨與消失。這幾年來，她是怎麼樣度過的，我難以想像。

而蘇媛從來不曾提及自己家人的事，是因為有苦難言。

當然，那些都只是我的猜測而已。

我重新整理好微微低落的情緒，又把周心靚寫的信件從頭看了一遍。

前段很顯然的，周心靚不小心撞見蘇胤和她女兒正在「工作」，且工作室不只一名受害者：「每晚都是那些人痛苦、求助於我的眼神，那一雙一雙眼彷彿都在尖叫著」，看見之後她很害怕，因此會再回去看第二次的機率很低。

那一次的際遇顯然讓她飽受驚嚇，精神上受到莫大的衝擊，尤其是看見結婚前曾將自己捧在手心呵護的丈夫和親愛小女兒的行為，竟是如此「日常」，更是打從心底害怕、不可置信。

因為丈夫和婚前所認識到的並不一樣，或是不完全，她認為自己受到了欺騙，於是從害怕轉變成憎惡。到處打探自己的丈夫，想找尋可能知情的人作為同伴、或是幫助她脫離那時的生活。

真是既執著又消極。我不禁這麼想。為什麼她不報警呢？是因為先前的行動徒勞無功所以覺得報警了也沒用嗎？無論試再多次，暗示再多次，周遭人們的行動與回答依舊令人絕望，與她想要的回答完全相反。我的想法是，人們相信眼前所見，並認定為事實，就很難改變，一旦出現極端偏差會有兩種變化：馬上改觀與斷然否定。中間或多或少會有遲疑的過渡期，不論長或短皆會導向上述兩個結果。

那些人都屬後者。既然周心靚在信裡寫了「每個人都當我瘋了」「沒人相信我」，就表示她暗示出的事人們皆在腦海下意識迅速否認，用所見所知來推翻出現在自己世界的不合常理，反彈甚大的人則會直接指著她的鼻子說她瘋了。

這都是刻板印象造成的結果，因為「蘇胤為人正直，是好人才，是好青年，是大家都喜歡的人」，這個印象深植在每個與他相處過的人們腦中，要突然接受蘇胤有可能是個罪犯實在不容易，加上蘇胤本身似乎擅長話術，能夠巧妙地引開那些問題。這點蘇媛和他還真是一模一樣，該說不愧是父女嗎？

雖然現在有很多新聞都曾報導過孝子突然弒親、好青年其實是個重罪犯等，我們也因為資訊吸收過於快速的關係從瞠目結舌逐漸變成司空見慣且麻木，但是在二十幾年前資訊傳遞並不如現在這麼發達，許多人的觀念仍屬保守傳統，甚少人會直接聯想到「蘇胤是罪犯」，大概最多就是：周心靚發現蘇胤有點問題，但是問題不嚴重。倒是她一直問錢的問題，她才有問題。

周心靚犯下的錯誤就是不斷繞著核心重點外轉，不果斷切入核心，如此迂迴的方式反而讓其他人誤會她是因為看上錢才和蘇胤結婚。

不過，人們認為她瘋了也可能是因為她的言語。我注意到信裡的有幾句是間接顯示她可能有精神上的障礙。

「我們家庭也不是盡如人意，它支離破碎，偏離正軌，不斷傳出尖叫聲」

「傳來那些死人的尖叫」

第一句可能是在為自己的家庭做譬喻，但是對照下面那句，個人認為也包含了「地下室」的描述。重點是，已經過世的人並不會尖叫。

她可能因那次的撞見，由此產生了精神上的影響，人一旦受到那種精神衝擊不免會衍伸許多被害聯想，最糟的就是日日夜夜無法自行忘卻、消除那驚悚的畫面，長久下來精神飽受折磨，周心靚或許是因而得受幻聽症狀。

有些擁有精神障礙的人，和他們對話時會發現他們的語句斷斷續續，有些語無倫次，簡單來說就是：比喻大腦是一精密機械，負責言語的區塊有某部分的螺絲鬆掉了，以致難以表達出完整正確的句子、或一段話。

十幾年前我沒有在現場，所以無法確切證實，我只能藉由信件內容和初次見面的第一印象往這方面想像並推論。若要從整封信來推測是很困難的，因為不知道周心靚是在瘋狂還是在理性狀態下寫這封信，我只知道這封信如實地表達了她的恐懼、憤怒與憎恨。

視線重新回到信上，剩下最讓我在意的是「羅比」。羅比是誰？聽起來有點像英譯名，會不會是蘇媛老家曾經有的那隻狗？「羅比不見時，我就應該要逃走才對」這句會讓人想到失蹤，但是下面卻說了：「羅比死得真無辜」。

周心靚可能後來發現，羅比並不是單純的走丟或失蹤，她應該是看到了染色的狗項圈，或藉由其他因素才發現羅比其實已經過世了。

「妳也繼承他的心狠手辣，甚至冷血無情。羅比死得真無辜。」

——我搬進來前，問她說狗狗怎麼不見了，她就說不知道為什麼跑不見，所以我就想是失蹤了。

蘇媛為何要隱瞞蘇惠呢？她都已經告訴我狗過世了，為什麼還要對其他人說謊？

有問題。羅比為何過世有很大的問題。

不見了為什麼要逃走？為什麼死得無辜？

心狠手辣、冷血無情……死得真無辜，蘇媛她……

…………

最後一封信，只有錢。

我把信件放到一邊，拿起在一疊紙中顏色頗為明顯的一張，紙張摸起來有些粉，指腹沾上些許黑粉細末。時隔許多年的剪報，這件事顯然被其他更重大的新聞給壓了過去，文章內容不長，版面也不到全版面的四分之一。上面的新聞是失火事件，地點就在這個縣市，時間是民國一百零一年十一月底。

「其他人都在那晚，活生生被燒死。」

她留存著當時的剪報。

當中也有記者對她的訪問：「面對無人生還的失火案件，記者訪問時死者家屬一度沉默不語，經心情調適後才緩慢說道：『我很難過，但是也沒辦法。』死者家屬小愛（化名）今年就讀本地高中，此事件對她打擊甚重。」留存著，是否為悼念？我腦中突然浮現蘇媛沾滿鮮血的手，緊捏著剪報默默流淚。

——如果不是真的呢？

突然閃過一句話。

這一切都是假的，整封信的內容都是周心靚的妄想，剪報新聞只是個巧合，沒有殺人事件，沒有失火事件，一切都是蘇媛安排好的耍人玩笑，為了報復我無情的離去。

……若是這樣，那就好了。捏緊手中的信，一股彷若自責般的罪惡感在心底悄然升起。

我只能靠她的遺物與家屬的口述下去做推理，儘管我腦中的想像快速運轉著，可我沒有看見實際情況，更無身處當時。我對自己的推理沒有自信。

而且，蘇媛欸，她是蘇媛欸！殺人？怎麼想都想不到，更別說把她和殺人犯畫上等號，她可是和大家都相處良好，長得甜美又可愛，師長學長姐和同學們都很喜歡的蘇媛欸！

她甚至留存著當時的剪報，她──

腦子瞬間當住，卡著不能順暢運轉。

我這幾天，到底在找什麼？

越是深入，就越是無法理解。

甚至對過去的她感到疑惑。她到底是誰？她是蘇媛嗎？她是那個活潑開朗人見人愛的蘇媛嗎？我所看見的，是真的？還是假的？她是否在人們面前裝模作樣，私底下卻是個表裡不一的人？

我，不懂。

我一點都不了解她。

我認識她有五年多了，可是我卻一點都不了解她。

❖ ❖ ❖ ❖ ❖ ❖

「二十一號──二十一號在嗎？」

「老師，她請假。」

戴著黑粗框眼鏡的班長舉起手告訴老師幾乎全勤的二十一號請假，全班起了一小片私語。老師見了默默讓私語持續一小陣子一邊上課，過了幾分鐘才叫大家安靜。

──聽說她去參加了喪禮。

這是私語的重點內容，老師大概也是想知道才那麼做。在課本上畫圈圈，我托著腮發呆聽課。

昨天我才剛知道這件事，蘇媛傳了簡訊跟我說她今天請假，原因是要參加葬禮，如果任課老師點名問了就幫忙回答一下，然後問我她穿黑襯衫配牛仔褲會不會在喪禮上顯得很失禮。我沒這樣做過，妳自己覺得不會失禮就好。禮節這種東西大家都心知肚明，不會對不起人才是該注意的。

剛剛老師點名時我原本要舉手幫她說的，沒想到班長先行報告了，可能她也有跟班長說一聲吧，大概是打預防針。

早自習前就看到一群人圍在班長的座位討論著，有些人時不時往我這邊看，但是沒過來找我問話。

消息很快傳遍班上，現在在討論的是：她參加誰的喪禮？

我聽見話語中夾雜著「去問問看吳允伶，說不定她知道」，到了第二節課還是一直聽到，卻沒有人來，我假裝沒聽見的繼續上課畫圖，下課看書。

好像不太有人敢接近我。這是我求學以來對自己人際關係的感想。自從高中遇到蘇媛以後身邊的人才開始增加，但通常是順便，蘇媛才是他們最主要談話的對象。比起我蘇媛更好聊，我通常都是一兩句就結束了對話，根本很乾。

「蘇媛為什麼會跟那種人黏在一起啊？她看起來根本不太鳥她。」

一次打掃時間，我無意間聽到同學間的對話，愣在原地，想著自己是出了什麼問題。

我不認為自己有問題，我就是很平常很一般的在做事，不太跟人交際，也不太擅長，與班上同學間都說不上幾句話，蘇媛靠過來是意料外的事，反正自己也不太排斥，就隨她去了。多個人說話挺不賴的。

有很長一段時間，父母的工作必須去國外出差，說是公司國外分部需要有人駐點，詳細我並不清楚，他們也沒說太多。高中是父母幫我選的，在縣市內前三志願，在國中畢業的那個暑假把我載到親戚家，還在念國中的弟弟則是跟著父母轉到國外中學。

人生地不熟，和親戚也不是非常熟絡，因此蘇媛會靠過來說要當朋友自己心裡是有一點小開心的。

「妳看起來很冰山，難怪都沒什麼人敢找妳講話。」蘇媛一邊咬著吸管一邊調侃我，淡紫色的飲料在輕搖之下與牛奶交融出漂亮的紋路。

「我長得很兇嗎？」我問。

「不笑的時候是有一點點。」她說。

「那妳為什麼敢找我講話？」我又問。

「人生就是要刺激點啊。」她露出甜甜的笑容，迴避我弱弱的拳頭。

確切原因到現在依然無法完整解釋，雖然納悶但總覺得打破砂鍋問到底很庸俗。

那堂課結束後我起身前往圖書館，把第一節下課看完的小說拿去還，順便再去借另一本。

小說放在圖書館二樓，實際上大部分的藏書都在這裡，期刊雜誌漫畫等都在一樓，我和蘇媛比較常往樓上跑，她很喜歡看歐美文學，日文文學則是我的心頭好，最近很喜歡推理系列。

前陣子被借走，一直很好奇想看看的小說被還回來了，我毫不猶豫的取下，是湊佳苗的《往復書簡》。這次想看多一點，趁著時間還夠我拿了別本書翻閱瀏覽，覺得不錯就借。

「呃，吳允伶。」

在我翻到第三本時，不陌生的聲音在左後方悄聲喚起，班上一名男同學站在圖書架子旁，看起來有點緊張，他抱胸直視著我手上的書，儘量讓自己顯出從容不迫的模樣，但眼神出賣了他。

「嗨。」他聲調有些偏調。

「嗨。」

「妳……下課都會來這裡借書啊。」

「對。」

「好看嗎？」

「嗯。」淡然地回應。我闔起第三本書放回書架上，踮著腳撥出位在最上層的書。

男同學沒有走，只是窘迫地站在原地。

他大概不知從何問起吧。其實問——妳知道蘇媛是去參加誰的喪禮嗎——就好了，到底是有什麼困難。

「我不知道她去參加誰的葬禮，她沒告訴我。」

翻著手上的書，我依舊淡然。

「這樣啊。」

得到答案後，他立刻走掉，此時上課鐘聲響起，我抱著三本書掏出口袋中的學生證下樓借書，管理員阿姨指著電腦螢幕說一個禮拜後還。

我大概知道他為什麼會專程過來，百分之九十是班上同學叫他來問的，可能是他猜拳猜輸或因相貌的關係被派過來。他長得很好看，吳允伶應該不會拒絕回答。這想法雖然膚淺，卻是在急迫想知道內幕時的粗辦法之一。

他不僅長得好看，也很會念書，班上人緣很好，和蘇媛不同的是他是領導型的人物，據傳聞他是下一屆滑板社的社長。

回到教室時幾雙視線拋過來，我看回去之後又縮了。

你們真該看看剛剛他的樣子，有夠好笑。我暗暗在心裡笑著。

那一天，教室好像少了些什麼聲音，不過我自己知道原因，是蘇媛不在所造成的，理論上來講是這樣沒錯，只有一件事讓我在意。

她不在，為什麼我會感到有點空虛呢？

❖ ❖ ❖ ❖ ❖ ❖

我盯著請假單出神，回想起她請假的那一天。

請假單上標示的日期也和失火事件時間差不多，但已來到十二月初。上面有蘇媛圓潤的簽名字和生輔組的核可藍墨章。

資料袋內就這些，原本我還期待著會不會有日記之類的，這樣線索會更多點，結果連張隨手字條都沒有，期望落空了。

剩下手機。

蘇媛的手機淡粉色外殼背面用不同顏色、閃亮亮的水鑽貼了一隻戴綠色帽子，身穿背心的可愛小熊。不知道開機了沒有，我試著按按看電源鍵，結果意外地跳出螢幕保護程式畫面，頂層功能列最右邊的電池只剩一格，我趕緊拔下自己手機的充電線接到蘇媛的手機上，手機震了一下，螢幕變得比先前更亮一些。

跟著指示滑開螢幕來到解鎖畫面，一排醒目的紅字讓我很想拿著手機回去打人。

「剩餘次數一，輸入錯誤立即鎖卡」

魏俐安這傢伙剛剛一定是在我昏睡時試著進入桌面，把好好的兩次機會用掉了，如果這一次出錯，我就得去電信公司抽號碼牌。

盯著螢幕我思考了很久，螢幕關閉時我想到當時找交易紀錄用的七碼數字，但有這麼長嗎？一旦輸入錯誤就沒機會了。

嘆著氣我再度打開螢幕，這時左上角顯示時間下的一排小字吸引了我的視線。

「NUMLK_KMJJJKLM」

NUMLK……好像在哪裡看過，但這個似乎不是單字，印象中是縮寫。我打開自己的手機搜尋，在那之前我去了設定把魏俐安的號碼設成拒接。

輸入英文字後，跳出的資料都是有關電腦鍵盤的相關，思考了一下，我點去圖片搜尋過濾出中高清圖，點開一張較清晰的產品照片。

NUMLK全名NumLock，是電腦鍵盤上某一數字鎖定鍵，對照後面那一排英文字，得出的數字鍵是20111230。

1230這組數字我已經看到第二遍了，照這看來應該是十二月三十日，可是這日期有什麼意義嗎？二〇一一年的十二月三十號有什麼事嗎？

默默輸入數字後解開程式，我來到桌面。就在我努力回想那一天發生了什麼事時，恢復訊號的手機不斷跳出通知。音效聲把我的注意力打亂，我惱怒地拉下通知欄想一併刪除所有通知，可其中一欄通訊軟體跳出的訊息讓我停下動作。

「存貨快見底了，什麼時後再進？」

第八章

點進去後跳出通訊軟體聊天頁面，傳訊息過來的人叫接貨二號。這是什麼官方取名……還以為會叫阿明阿毛之類的。

對方傳訊息的時間是一禮拜前晚上，訊息內容看起來有些急迫，可能蘇媛是他們最主要的供貨商。也是，做這行的人應該是少之又少吧，不過我不太了解就是。

「看到就回傳一下時間」

「不要瞧不起人」

兩行訊息跳出來，內容非常莫名其妙又讓人火大。

嗯……他們不知道蘇媛怎麼了。好的，蘇媛會怎麼回的呢？雖然我很想直接嗆回去，但那一眼就看出來我不是蘇媛了吧。我拉到上面的訊息對話，發現蘇媛的回答都很簡短明瞭。

問問他們或許可以知道一些線索。

「晚上十點，地點在哪？」

接貨二號很快回了：「幹妳從小跟妳老子跟到大還不知道在哪」

「也許你們想換地方。」

「妳最好有那麼好

一直以來不都我們配合妳」

「我腦袋不好忘記地點了。」
接貨二號沒有馬上回，已讀後隔了幾分鐘才回覆。
「還真稀奇
切死人切到自己腦子啦
那妳講個地點，我和相仔過去接」
可惡，來這招，我就是不知道地點才要你們提供啊，我又不知道哪裡才是好的交易場所，難道是港口倉庫什麼的嗎？電視上都那樣演。
「我現在很累，你們決定就好。」
「……我問一下相仔」
相仔應該是另一個接貨人。隔不到兩分鐘，接貨二號就丟了一個地點過來，那個地方我用手機查了一下，蘇媛老家再往南一點有個港口工業區，那裡有很多工廠和貨櫃。「知道了。」
我查了公車到那附近的時間，由於較偏遠所以班次不多，最晚到站是九點，看是要先坐過去還是叫計程車……
「喂
妳不太對勁
妳是蘇媛嗎？」
……果然問地點太可疑了，蘇媛怎麼可能不知道在哪，說突然忘記也很不正常，但是我真的不知道啊，我已經儘量用蘇媛的口氣問話了。
雖然這並不是她平常和人聊天的語氣，在我和她的聊天室裡她幾乎三兩句就有顏文字和表情符號，不像這個聊天室那麼冷漠。

「難道是蘇胤嗎。」

「靠

切死人的拿死人開玩笑

妳高明」

切死人的、拿死人開玩笑？我看著對方丟出來的訊息發愣，錯愕如我，瞪大眼睛反覆來回最後兩則對話。

蘇胤已經死了？

❖ ❖ ❖ ❖ ❖ ❖

謝過司機後走下公車，空氣中飄來鹹鹹的海味，遠去的公車關起跑馬燈，我這才知道這裡是最後一站。

踏上不熟悉的路，我跟著導航地圖的指示來到一間超商，可能是地域的關係路上沒什麼車子和行人，大家都回家休息了吧，我猜想住在港口城鎮的人幾乎都靠漁業為生，都要天還沒亮就早起工作。

超商裡只有一位看起來很疲倦的店員，在我進到商店裡時被迎客音樂嚇到，才連忙說歡迎光臨。

我買了飯糰和熱綠茶當晚餐，捧去商店內附設的用餐區，坐在背對店員的位置開始用餐。

老實說我現在很緊張。

前幾個小時我不知哪來的膽子逕自約了完全沒見過、也不認識、給人感覺很像地痞流氓的兩個男人在這麼晚，又偏僻的地方見面，只是為了無關己事的線索。

傍晚離開旅館後，我在路邊買了一點東西填肚子，經過五金行時繞進去買了兩把中型螺絲起子防患未然。

鐵鎚會不會更好更具威脅性？走出五金行時我突然想起價格稍貴一點的小型鐵槌，握起來很有重量，但也不至於拿不動，單手即可負荷。那時我大概是想不消小題大作吧。

因為直覺他們不會對我出手。我不知道這誇張的自信是從哪來，我恐怕是極度緊張到無感了也不一定。

翻出蘇媛充飽電的手機，我再度點開聊天室。其實從聊天內容來看，他們對蘇媛有一定程度的尊重，可能是因為供貨商稀少的緣故，他們也不敢隨便把人嚇走。

接貨二號說她從小跟她父親跟到大，這明示了蘇媛接觸她父親「事業」的時間是在很早以前，有可能是孩童時期便開始，比我想的要早。

蘇胤——作為一位父親，到底在做什麼啊？為什麼要把這些東西教給孩子，他結婚是為了生下小孩作為他「事業」的接班人嗎？亦或是純娛樂？我怎麼都想不透。在那封充滿恨意及請求的信裡周心靚表明結婚前完全不知道蘇胤私下在做什麼，結婚後一次偶然的發現讓她相當後悔。蘇胤大概隱瞞了很多事，可能包括結婚一事也是要避人耳目，確保不會有人對單身漢的行動起疑。

目前最最讓我在意的是，蘇胤不是失蹤，儘管表面上是他失去了蹤影沒錯，實際上他卻已不在人世。看聊天內容蘇媛和接貨二號是知情的，或許那個「相仔」也是。周心靚信裡雖然沒有明講，但也有可能早就知道了，只有蘇惠完全不曉得。我暗自祈禱「相仔」是位理性好說話的人。

快十點之際，我把飯糰的包裝紙和綠茶杯子扔進垃圾桶，就著路燈的昏黃光和導航地圖走，走了十幾分鐘後我停在兩排貨櫃屋入口前。

這裡並不是約定地點，我只是在想到底該不該進去。都來到這裡了還不進去？放人家鴿子不是好事，但對方可能陰險狡詐。這麼矛盾不已讓我頓時覺得自己很好笑。

「噗哧！」

對，真的很好笑——不對，這不是我的笑聲。我警戒迅速地轉過身，看見一男一女站在我身後，男人低聲忍笑著，女人則是抹了下臉，看起來很無奈。

「不要笑了啦！」女人推了男人，她的表情看起來就像是在說「好好的計畫都被你給毀了」。男人這才拍拍臉，讓自己從有點失控的情緒中回來。

「抱歉，真的很好笑嘛。」

「呃、請問……」

「妳是『蘇媛』吧。」女人抱著胸瞪著我看，「十點，妳遲到了五分鐘。」

是「接貨二號」和「相仔」。我沒想到是一男一女，以為都是異性。

「其實我們也遲到了……」

「閉嘴。」

這兩人真是戲劇化，他們大概是情侶吧。我暗自心想，一邊偷偷把手伸進事先開了點縫的背包口，摸索螺絲起子的位置。

——！

一把上膛的槍冷不防對準我的腦門，「死婊子，不要想動歪腦筋。」

嗯，她一定是接貨二號。聽到粗話我幾乎可以篤定。那另一個應該就是相仔。

「我們有兩個人耶，這妳事先就知道了吧，該說妳是膽子很大還是頭腦很呆呢？妳剛剛幾乎是毫無防備的樣子喔，真的很好笑。」相仔笑著說道。

「把背包放在腳前面，往後退兩步。」

我盯著對方的動作，慢慢把背包放在腳前，依言往後小退兩步。她這才將槍口往下擺。

接收到眼神指示的相仔悠悠哉哉地蹲到我背包前拉開拉鍊開始翻東翻西。

「螺絲起子、螺絲起子、手機、手機，嗯這是什麼？酒嗎？標籤撕掉了……私釀啊。」

「那個不是私釀也不是酒……」好不容易擠出一點被驚嚇壓回去的聲音，音調有點破掉的開口：「你們早就知道我不是蘇媛了嗎？」

「哼，一開始就知道了。」接貨二號一臉的嘲諷，「那切死人的自殺了不是嗎？該不會是找不到人切所以想切自己賣吧，還真是聰明啊。」

「妳們是接貨的人嗎？」

「廢話。」

「黑道？」

「妳哪隻眼睛看到我們像道上的。」

從妳的言行舉止和打扮，這麼冷的天氣還穿超短皮褲，看了都冷。不過另一個就不太像了，就是很普通的路人。

「我們不屬於任何一個幫派或組織，」相仔這時開口，一邊把玩我下午剛買的防護工具，「我和鋼朵算是供貨商和黑市的中間過渡人，有點像你們講的中盤商，我們從中獲利，當然比起一般中盤商我們還多加了高風險運送費，被條子抄到可不是開玩笑的。」

「鋼朵……？」

「幹妳對老娘的名字有什麼意見。」

「不，沒有。」瑟瑟看著黑槍，我決定還是要執行我來這裡的目的，「我可以問妳們怎麼和蘇媛接觸到的嗎？」

名叫鋼朵的女人警戒地看著我，我舉起手以示沒有危險意圖，她問了正在一旁玩螺絲起子的男人。

「去原本約定的地點吧。」

相仔拉起鐵捲門到一半的高度，鋼朵率先進去，再來是我、相仔。

鋼朵開了一盞燈讓原本漆黑的室內有了點光源，我這才看清周圍的東西：箱子、箱子、還是一堆堆高的箱子，這裡是倉庫。

「箱子裡都是死人喔。」

「……騙人。」

「對啊，騙妳的。」

背包還在相仔手上，正確的說，是揹在背上。

「我的背包……」我弱弱地伸手想拿回來。

「不給，等一下妳報警。」

「不會啦……」

「妳是要不要聽。」

鋼朵不知從哪拉來一張椅子，大剌剌地坐在椅子上，春光都快跑出來了。

「呃、要。」

鋼朵的槍指向我，要我坐下。

「我們是先認識蘇媛她爸才認識她的。」意料之外，不是鋼朵而是相仔開始解說，「她爸是做人體販賣，妳會來這邊，應該事先就知道了吧。

那一年我們剛踏進這份工作還沒多久就遇到了他，那時候他的過渡人因為收養了親戚小孩所以想回歸社會，應該是為了教育和榜樣的問題，我不太清楚，總之就是那時候多出了過渡人的空缺，蘇胤——喔，就是蘇媛的老爸，他這人又很龜毛，堅持一定要原本的過渡人幫他介紹信任的人，不然就不讓他完成他最後一筆交易，有夠機車。」

鋼朵很認同的點頭：「他會這麼擔心也不是不能想到啦，畢竟過渡人被抓到，貨頭也難逃一劫，只是他那種威脅作法實在是太機掰了。」

「後來他就把我介紹給蘇胤認識，因為我也有在這塊領域打滾過，也是他認識的朋友，只不過接觸的是不同貨頭。」沒有明說過去的經歷，他指指鋼朵說：「這女人是後來加入的，那時候蘇胤警戒她有好一陣子。」

「我差點被抓去做掉呢，到時候你要接的就是我的屍體了。」

「真可惜沒接到，不然我可以再多加一筆費用呢。」

「去你的。」鋼朵豎起中指回敬。

「那時候蘇胤結婚了嗎？你們接觸他的時候。」我問。

「早結了。」相仔說，「我們也是那時候看到蘇媛，她那個時候是小學剛畢業要升國中吧，是嗎？」

「已經升國中了。」鋼朵用鄙夷的眼神瞄了相仔一眼。

「啊啊，差不多啦。」

為什麼有種在聽這兩人說相聲的感覺啊……「她從那時候跟的嗎？」

「不是喔，在那之前已經跟著蘇胤很長一段時間了，不過我也不知道是什麼時候。」

「你們知道他做多久了嗎？我是說蘇胤。」

「做多久……欸鋼朵，做多久啊？」

「幹誰知道，當初不是你自己問的自己還忘記。」

「嗯……我想想，」相仔略為沉吟一會兒，突然擊掌喊：「啊，十五年。」

「十五年？」也太久了吧！這期間難道都沒被抓到嗎？

「嗯嗯對，十五年，就是那麼的久喔，是老前輩了。」

蘇胤失蹤的時間是五年前，大概是我和蘇媛高中一年級的時候，既然在他們遇到蘇媛之時蘇胤已經做了十五年，那麼到他失蹤之時總共有十八年——啊，不對，蘇胤已經不在了。

「妳在聊天室裡說蘇胤過世了是怎麼回事？」我轉頭問鋼朵。

鋼朵沒有馬上答話，看了相仔一眼，似乎在等他解釋。

「大概四五年前吧，依約交貨的時間到了，我和鋼朵也一樣在老地方等接貨，但是那次只有蘇媛一個人來。貨有帶，但就是從那次以後蘇胤都沒再出現，那時候我在清點貨物，鋼朵理所當然地問起這件事，蘇媛跟鋼朵說，他死在一場火災裡。

但是後來回去查了有無相關新聞事件才從旁得知，蘇胤被列為失蹤人口，所以我們想可能和那時的火災新聞有關，兩者的發布時間點太近了。」

仔細想想的確是有可能的，畢竟當時火災燒的就是蘇媛親戚家，蘇胤可能也在裡面也不一定。那這樣整個蘇家，就只剩蘇惠了，她可能還在默默等著警方找到蘇胤。我突然為她感到難過。

蘇媛既然知道為何什麼都沒說呢？

「……我能問問你們對蘇媛的看法嗎？」

「自以為是的死婊子。」鋼朵挑起眉，用非常失禮的字詞形容。

相仔想了想，只說了兩個字：「貨頭。」

「能再具體一點嗎？」我想再多了解蘇媛一點。

有了這個念頭我頓時愣住了。

相仔沒發現我些微的異樣，逕自有些困難的描述起蘇媛。

「她、嗯……作為一名貨頭，妳也知道實在很高風險，畢竟我們都知道這不是什麼可以正大光明說出來的職業，我們也一樣，要躲過條子的清查安心的工作根本不可能。

這一點，怎麼說呢，她也不是做得不好，應該說幾乎毫無破綻，她那是天生的，就像遺傳她老爸一樣，兩個人都完美得可怕。」

「什麼意思？」

「就是很會裝啦，裝無辜、裝沒事、裝好人，那老頭才可以做這麼久還可以不被逮到。」鋼朵一臉的不屑。

「不過蘇媛還是和她老爸有點不一樣。」

「喔？」

「蘇胤交貨的時候，就像平常我們在賣東西交易物品那樣，對他來說稀鬆平常，我們清點完貨物給他錢的時候還會聊上幾句，有時候還會請我們吃吃喝喝，就像同事一樣，機車歸機車，他人還是有點不錯的。

可蘇媛不同的是，她完全不會那樣做，她就是交完貨物，拿到錢就走，我們問她話想跟她聊幾句她也是很冷漠的回答，好像完全不想跟我們有交集。」

難怪鋼朵說她自以為是，換作是我這樣被對待也會感到很不高興。

原來她是這樣的人……嗎？

她並不是我們表面所看見的那樣子。

我問他們知不知道蘇胤和蘇媛的「工作室」在哪，兩人一致搖頭，說不會去管貨頭的事。

「那傢伙，可能比她老子還冷血喔。」鋼朵突然想到什麼似的，朝默默思考的我說了一句怪話。

相仔滿臉問號的看著女人。

「我不知道你有沒有看見，但我可是看得一清二楚。

那個切死人的跟我說老頭掛點的時候，居然笑了！真是怪噁的。」

有好幾次，只要一下雨她就不再接續當時的話題，安安靜靜地望著天空，露出淺淺、放心的笑。

「妳喜歡下雨。」

「是啊。」

雨水會洗去塵埃，讓一切潔淨。她說。

某種不具名的寒意爬上背脊。

如果蘇胤真的是在那場火災中過世，而且遺族只有蘇媛一個人知道。

當時無預警起火，是電線走火還是人為蓄意，沒辦法調查得很清楚……

那場火災的兇手可能會是蘇媛嗎？

「妳問完了沒？」坐在旁邊的相仔拍拍我的肩，我愣愣地點點頭，他便把我的背包還給我。

「妳看起來在想事情。」

「嗯……」

「是蘇媛嗎？」

「算是……有很多事情想問她……」

「但是現在問不到了啊。」相仔惋惜地說到。

「是啊。」我無奈地笑了。沒辦法的事情就是沒辦法。

「妳可以下去的時候再問她也不遲啊。」

「咦……？」

一支手機被丟在我面前，那是我的，螢幕上顯示的是我註冊某個社群的個人頁面。

「雖然和妳聊天很開心，但是我們也不能就這樣空手而回，妳也必須為輕而易舉得來的情報付出一點代價。」

這時他們兩人站起，居高臨下地看著我。表情變得很冰冷。

「我們本來就不是好人，會為了利益不擇手段，妳應該要多點防備才是。」

強烈察覺到立場不太對勁，我急忙抱起背包和手機，但還沒完全站起，旁邊就掃來黑槍的影子，手臂猝不及防被打個正著，衝擊力讓我摔落於地。

「妳五年前就應該要死了，吳允伶。」相仔幽幽地說。

❖ ❖ ❖ ❖ ❖ ❖

海風從敞開的入口灌進來，濕冷的空氣刺進皮膚裡，卻不至於冷的顫抖。

「小妹妹，只要妳乖乖出來，我們保證不會開槍喔。」

不要，我才不要，有沒有開槍都是死路一條吧。開玩笑，我幹嘛要自投死路。

左前方還有堆放的貨物，只要躲到那裡，就能再離入口近一點。

「妳很好奇為什麼我會說『妳五年前就應該要死了』對吧。」

叩、叩。鞋跟敲擊地面的聲音毫不掩飾地傳進我耳裡，彷彿就像在跟我說，現在逃也是沒用的。

那句話的確讓我很在意。

「除了怕妳去和條子通風報信以外，還有別的理由。

蘇胤死前的最後一次交易，他給我們看了張相片，說這是他下一次要交的貨物，他說品質毫無瑕疵，非常完美，而且很容易得手。」

……

叩、叩。

「品質好的可以賣高價，我們也可以從中抽取較高的費用。所以他那次顯得很興奮，我們也是。但是下一次的交易，我們得知了他的死訊，蘇媛帶來的是較普通品質的次等貨，不是上次說的上等貨。」

叩、叩。

我顫抖著手，從背包裡拿出「那個東西」。

我可以嗎？做得到嗎？

「前面都告訴妳這麼多，那順便告訴妳，剛剛的倉庫就是我們交易的場所。」

叩、叩。

我不想傷害人，可是我……

「事到如今，妳追查到我們這裡也說明妳不是笨蛋，那妳應該知道我說的上等貨是什麼『人』了吧？我們最近也缺錢打牙祭。」

叩、叩……。

腳步聲停下。

「我們怎麼能錯過這個好機會。」

在具威脅的身影閃過來之前，我不顧一切的撲上去，沒料到我會撲上去的鋼朵錯愕了一秒，隨即被我手中的堅硬物打中腦袋。

瓶子應聲碎裂，強烈的刺鼻味擴散開來，大量不明液體全撒在鋼朵化著濃妝的臉上，流進眼睛裡的她爆出慘叫，不遠處傳來相仔的大吼：「林逸朵！」

「不要過來！」掐著脖子把鋼朵壓制在地，我作勢舉起底部破裂的瓶子，尖銳的破瓶子距離她的臉只有不到十公分。

相仔停下跑過來的腳步，警戒的看著我。

我瞄了一眼痛苦哭叫的鋼朵，她的臉上開始出現淡淡紅斑和輕微化學性灼傷，液體正在慢慢腐蝕她的皮膚。

「我沒辦法……很抱歉……」愧疚地先行道歉了。我鬆開掐住鋼朵脖子的手，搶過她手中的黑槍，指向相仔，慢慢微蹲著往後退。鋼朵一邊哭叫著一邊爆出許多的髒話，揚言要我去死。

「把全部武器丟過來。」我儘量讓自己鎮定的說出要求，可嗓音還是顫抖個不停。

「妳根本不會用槍。」

「剛剛在外面這把槍已經上膛……你忘了嗎？」他說得對，我不會用槍，但我會扣扳機，高中時上過國防課，有一堂是我們要去營區實彈演練。可也相對的，我只有一次機會，而且這把不是步槍，就算我突然想起怎麼上膛也沒用。

就在我和相仔對峙的時候腳邊一個外力讓我踉蹌了一瞬，我不由分說直接將右手尚未放掉的破瓶子往偷襲者的大腿插下去。

「幹！妳瘋了！」鋼朵的臉慘痛地扭曲，朝我的方向咆哮。

是你們先的耶，我只是反擊。沒把回話說出來，我的雙手開始在顫抖了，儘管是雙手持槍，但是這樣下去很難瞄準目標。

其實我第一次遇上這種狀況，突如其來讓我不知所措。

「武器、丟過來。」我重複剛剛的要求，不然我也不知道該怎麼辦。

「妳——」

槍口瞬間對準在地上爬不起來的鋼朵，原本漂亮白皙的大腿此刻已被尖銳物破壞，正不斷冒出鮮血，腥紅與雪白形成對比，「丟過來。」

相仔嘖了一聲，他憤恨地來回看著我和鋼朵，花了幾秒的時間才把藏在身上的小刀和槍枝扔在地上踢過來，舉起手轉了一圈，表示身上沒危險的東西了。我緊盯著對方撿起小刀和槍枝，用比先前快一點的步伐往後退。

「我、我不會報警，」快到入口處時，我遲疑地朝他們說道，相仔的表情看起來有點錯愕，「所以你們……也沒看過我來這裡。」

來到外面，旁邊遠一點點就是海，我把所有武器扔進海裡，轉身頭也不回的跑走。

我跑沒多久，原本打算去超商叫車的計畫被硬生打斷。眼熟的機車從一旁的路竄出來，截斷我的去路。安全帽鏡片後的眼神異常森冷。

無路可逃。

❖ ❖ ❖ ❖ ❖ ❖

從我開始沉默地走向她、坐上車至啟程，我們都沒說過一句話。

為什麼我會選擇坐上車？因為當時那兩人比她更危險。

她是未知數，一個晃動不定的未知數；另外一邊則是取命意圖明顯，我當然保命先。我試著在心裡說服自己她比他們更安全。

遙長的大馬路，每隔一段就立了個冷白色燈光的路燈，來的路上我一心想著各種危險可能性，沒去注意到我來到了多遠的地方。

閃著少數星子的的夜晚，雲間透出模糊的月影，聳立的高山，我們正騎經一條溪，溪流在一旁紅色的橋下潺潺流動。

她騎了多久才到那裡？

「為什麼。」

風很大，機車的引擎聲幾乎要沒過我不算大的聲音，連自己也聽不太清楚。

大概是隱約有聽到我的疑問，她突然在路旁停下來，熄了火。

此刻寒冷的夜晚溪流水聲嘩嘩。

「妳千方百計，編織各種理由，欺騙、殺害脆弱的死者家屬也要把我留在妳看得到的地方……為什麼？」

前方沉默，低頭不語。

過了些久，前方才傳來低低的沙啞嗓音：「……世界上，只能有一個我存在……」

魏俐安像是夢囈般喃喃自語。

「無論妳在哪裡，我都會找到妳，把妳從我噩夢裡抹去。」

——

我們騎回市區已經是半夜十二點多。

很有默契地，在她敲門之後蕭凜軒便馬上來開門了，看見是我們他沒有太驚訝，側身讓出路。

魏俐安把我推進去後沒有要進來的意思，只留下一句：「明天見。」便很迅速地離開了。

我關上後門來到餐廳，發現謝正良並不在，但吧檯內的燈光依舊是亮的。

「他去睡了。」沒等我開口問，蕭凜軒自行解釋。

接著他皺著鼻子看著我，說我身上有一股怪味，神情不悅地把我趕去洗澡。可能是剛剛的不明液體有沾上一些吧，手上被潑到的部分有點刺刺癢癢的。

熱水隔了一小陣子才有，在那之前雙腳淋了好一會兒的冰水。

「妳為何不在我昏迷的時候動手？」

那時我問。

「那裡不是好地方、不是好地方。」

像唱歌謠似，她小小聲地，晃著，念著。

第九章

二十三點五十分，公路路邊，魏俐安

曾幾何時，我以為妳是願意救我的，而如今，妳卻是我的噩夢。

妳應該不記得小學的事了吧。

印象中是小學一年級，那段時間我們曾同班過，在那個時候我因為隔代教養的關係被班上同學霸凌，嘲笑說被爸爸媽媽拋棄，但他們只是到大城市去工作而已，假日還是會回來看我。真是的，小孩子精力無處發洩，只好拿這種無聊小事精彩他們的人生，他們長大後肯定會變成人生失敗組，我如此希望，從小就在祈禱這件事。

但是妳不一樣喔，只有妳。妳非但沒有加入霸凌行列，反而在我偷偷躲起來哭的時候安慰我，雖然只有幾次，但我還是很感激的。

升上三年級，全年級依規定必須分班，我很害怕到新教室之後又遇上這種事，尤其在得知妳被分到另一班後，更加擔憂。不過我自己找到了辦法。妳一定會很佩服我。

在與妳同班的那兩年，我偷偷觀察到，沒什麼人會在妳周圍，就好像妳周圍有個看不見的屏障，隔離好奇、懷有惡意的人們，連老師都不太敢直視妳。妳自己有發現嗎？

我當時很天真，決定向妳學習，認為這樣就不會有人敢欺負我。

每每下課或午休，我就會跑到妳的班級找妳，想問妳一些可以怎麼做的方法，但妳總是避而不見，我很失望，我以為妳是真心想救我，結果卻不是那麼一回事。

好吧，算了，沒有妳我也沒關係。

我按自己的觀察實行，但霸凌非但沒有緩和，反而越演越烈，他們說很討厭我的眼神，可是我實在不想求助除了妳以外的人。

妳肯定在想，這是什麼奇怪的心態吧，但是當時在霸凌現場目睹、或施行的所有人裡只有妳，只有妳肯來靠近我，所以妳大概也能知道我為什麼這麼執著。

我不該有那種想法的。

因為我後來發現，妳和那些人一樣，沒有區別。

妳知道我很討厭看到妳笑嗎？

有一次啊，我在班上被一群同學圍住，他們每個人都在玩巴掌接龍，就是只要有人一開始，就必須有人接下去，直到鐘聲響起為止。對，被賞巴掌的就是我，那一天我的臉腫到放學都還沒消退，我恨透那些人了，他們最好通通去死，妳也是。

我從空隙裡，瞥見妳站在教室外，我以為妳是要來救我的，當下居然還感到一絲欣喜。

沒想到妳笑著走開了。

我看得很清楚，一清二楚，那嘴角上揚的弧度，冷漠帶著嘲諷的眼神。

瞬間我放棄抵抗，任由那些人打到手痠也沒有一絲反抗，實際上我覺得再做什麼都沒有意義了。

從那天起無論他們做什麼，我都像是死人般毫無反應，漸漸地，他們感到沒趣，霸凌的次數反而變少。

至此，妳是想著「那妳應該要感謝我」，我也無所謂，我沒那個打算。

我恨透妳了，恨透給予我希望可能、又將我推落谷底的妳。

升上高年級以後，我日日觀察著妳，想要把妳扳倒，讓妳像我一樣痛苦。妳的行為舉止、妳的反射動作、妳的在校成績、妳的飲食習慣，我從小學觀察到大學，妳念哪所學校我就去念哪一所學校，妳去報名哪間補習班我就去哪間補習班。妳會做什麼不會做什麼我都知道。

終於，讓我發現，妳的弱點是蘇媛，我沒說錯吧。

從小到大妳沒交過什麼朋友，很多都是一兩個月就散了，他們發現與妳相處不來，於是便離開妳湊到其他的圈子，雖然我暗自祈禱妳會發生所謂的排擠或霸凌現象，但怪異的是都沒有。

妳像是沒任何事情般度過日子。

而會讓妳的情緒有所波動的人，也只有妳在高中遇到的「好朋友」。

原本我們也可以成為像那樣的朋友，只是妳不屑，哈，誰想要跟被眾人唾棄厭惡的人當朋友，又不是傻了。

——我討厭她，吳允伶，我討厭蘇媛。

我根本不在乎她的死，她死的前一晚跑來找我，哭得唏哩嘩啦，內容就只是一直問著為什麼妳不理她了為什麼妳走了為什麼妳什麼都沒說就離開了我錯了我錯了一定是我的錯。

我只要聽就好，只要聽，因為她把我當成妳。

但是這些我都不在乎啊，去她的，妳不在的那段期間她根本從沒正眼看過我。連那一晚都沒瞧過我一眼。

她自殺了對我來說很剛好，因為只有這樣妳才會回來。

而妳也不能對她們的死坐視不管，不是嗎？我都知道的。
所以妳也甘願陪葬，是不是？因為只有那樣才能消弭妳對她的辜負、還有對我的罪。
我知道的，我都知道的。

❖ ❖ ❖ ❖ ❖ ❖

好不容易洗去一身怪味吹完髮，我披著毯子來到吧台前，不意外蕭凜軒還沒上樓睡覺。
我坐上吧台椅，對面默默推來一杯水，我雖然很渴，但是我不敢喝。
他淡淡看了沒接過的水杯一眼，頭也不抬地，問了：「想知道什麼。」
「你和魏俐安是說好的？」
「對。」
「做了什麼？」
「續租、開車、找地方留妳。」
「蘇媛的屋子是你續租的？」
「嗯。」
「那個跟蹤狂是你？」
「嗯。」
「幹嘛？」
「你知道我想問話。」

「所以我會來這邊，也是因為你跟謝正良講過？」

「嗯。」

「他有參與這件事嗎？」

「跟他沒關係。」

「不，」我搖頭，「有關係。」

「如果你是指他提供場所的話，那是因為——」

「他和蘇媛是什麼關係？」我打斷他未竟的辯駁，直截了當地問了我想知道的問題之一。他愣了下，喉間發出呃的一聲。

樓上正在睡覺的傢伙，只回了我一句：「不要提那死女人」，他傳的時間正好是我人在港口的時候，剛剛看到就已經決定要拿來問相關人了，他不會不知道吧。

把手機聊天訊息紀錄給對面的人看，他看了之後表情……沒什麼太大的變化，就是雙眼瞠了大一點。

「他把安全帽借給妳？」

我點頭，「大前天我跟他借的，那天我和魏俐安要去學校一趟需要一頂安全帽。無意間得知這頂安全帽是蘇媛的。」

他看著聊天紀錄久久沒有說話，似乎在想要從何解釋起，最後他決定從我最開始的問題，「他跟蘇媛……沒有關係。」

「可是他——」

「那頂安全帽說是蘇媛的也對，因為她有時候會借去戴。」

「……？」

「……跟我借的。」

「……咦？」

「那頂安全帽本來是我的，是謝正良送我的生日禮物。」他搖晃手中的高腳杯，將杯裡的透明液體一飲而盡，那是什麼時候變出來的？「這頂安全帽我因為方便就放在店裡，他會借妳是出於好意，加上他不知道我們在幹嘛。」

「那他為什麼回我那句？」我指指最後對方回傳的訊息。

「……我怎麼知道。」他瞇起眼瞪著我，顯得有點不耐煩。

不，那句話怎麼看都很有問題，「我還是覺得——」

「就跟妳說他跟蘇媛沒關係，他跟這件事情也沒關係，妳那顆死腦袋是洞很大嗎！」重重放下杯子，他低著頭聲音漸漸大了起來，著實把我嚇一大跳，但最驚嚇的是他後面那句：「蘇媛是我前女友，她怎麼可能會和謝正良有關係！」

我想起來了，蘇媛的確在高三暑假那一年交了男朋友，當時她還很興奮的跟我傳了訊息報告，只不過他們交往了三個月就分手，我也不知道她男朋友叫什麼。唯一的印象就是蘇媛上大學後經常用粉色束髮圈綁頭髮，她說那是她男朋友送她的。

學長看到的安全帽可能就是那短短幾個月時出現的，蘇媛的男朋友很可能載著她去大學報到或參加暑期營之類的。

不過只有短短幾個月也記那麼清楚嗎？那只是三年前的小事。

「你最近一次借她安全帽是什麼時候？」

「十一月中。」是這學期，也難怪學長會有印象，那麼篤定了。

嗯？她們今年也還有聯絡嗎？「我記得蘇媛跟我說你們只交往三個月……前年的六月到九月。」

「她今年有重新和我聯絡。」

「是復合嗎？」我小心翼翼地問道。

「不是，」搖搖頭，看起來很頭痛的蕭凜軒扶著額，依舊沒抬起頭，「她有提過復合，但是我拒絕了。」

為什麼呢？雖然很想知道，但是再繼續問下去感覺會顯得很失禮，於是我又再度小心翼翼地問道：「我可以問你們怎麼認識的嗎？」他現在看起來很容易發怒，耳朵上緣都紅了。

他沒有馬上回答，用指尖敲著杯身，停下來後才說：「鋼琴……」

「鋼琴？」

「她來看我的個人鋼琴演奏會，演奏結束後她來找我聊音樂的事，一禮拜後就在一起了。」

「……就這樣？」

「嗯。」

這過程真是短的難以置信，蘇媛給我的感覺不是這樣啊，她在訊息裡寫給人的感覺是她們已經認識很久了，而且蕭凜軒會是這種馬上就和才認識一禮拜的女生交往的人嗎？謝正良不久前才和我說過他很不喜歡接近外人。

可能都有各自的理由吧，這問題先暫且擱置，「你是因為蘇媛的關係才協助魏俐安嗎？」

「對……不、不對。」想到什麼似的連忙改口，他頓了一下後才開口：「不全是因為蘇媛，她是透過調查才查知我是蘇媛的前男友，但不是因為『身為前男友』這麼簡易的理由要求協助。」

那是因為什麼？我沒有問，只是盯著他有點毛躁的頭髮看，我想等他自己說。

大概是隱約知道我在等他說出真正的原因，他才倏地抬起頭。

「……我很自私，非常自私……」

他滿臉通紅地開始講述謝正良之前不願意透漏的隱私。

❖ ❖ ❖ ❖ ❖ ❖

零點四十七，吧檯，蕭凜軒

我們家，是眾所皆知的有錢家庭，請幫傭請廚師請司機的那種有錢。我父親在我很小的時候是台商，經常要去中國工作，所以很少看到他回家。為了彌補我不能常常有父親陪伴在身邊的空缺，我母親請了一位鋼琴老師來家裡授課，我就是從那時候開始接觸音樂。

一陣子後父親回來台灣，開始與之前的工作夥伴建立一家外貿公司，自那時起我被迫學習有關財務、經濟和外交貿易的知識，那時候我才小學二年級，父親已經把我當作公司的接班人了，但是我一直覺得那些東西很無聊，還是鋼琴比較有趣。

父親認為小孩子都是三分鐘熱度，我很快就會不想學鋼琴轉而專心念書或學習其他才藝，因此小學三四年級加入了學校的節奏樂隊父親沒說什麼，國中加入管樂隊，父親也沒說什麼，當時我以為父母都是民主寬鬆教育，便放心不少。但是當我升上高中，社團加入了管弦樂隊，學校調查的大學志願表上第一格填了一所很知名的藝術學校時，我父親就發火了。

「我讓你學音樂是希望你做為興趣而不是當成職業，一直以來我那麼努力栽培你你卻用這種方式回報我。」

我將來想成為音樂家！當時我不知哪來的勇氣頂撞父親，在我印象裡那好像也是第一次，父親也稍微嚇到了，但是他很快恢復鎮定，「音樂那種東西，只要沒有出道、比賽沒有得獎就根本沒有用，到最後只能餓死在街頭，看誰去救你！」

父親給我兩個選擇：讀財金或國貿等相關科系，學費生活費不用擔心；讀音樂可以，但是學費生活費自己想辦法，附帶條件是必須取得國內外大型音樂比賽超過七個獎項，只限定冠亞季，畢業後便不會再干涉我的去向。拜從小家教的福，我的成績一直都很好，選學校不是太大的問題，但是讀音樂的代價實在很不合理，我沒什麼自信可以撐到畢業。

就在高三聯考完那年，我常常跑去藝術大樓的樓梯間聽音樂，那裡實際上是半廢棄區域，廁所樓梯都已不再使用，因此沒什麼人會去那裡走動，就算被發現了也不會怎麼樣。

在那裡，我遇見謝正良。

我都是午休或下課時間去那裡，但他卻是不固定時間，想去就去，多是打電動和抽菸。

謝正良當時在學校是出了名的問題學生，我們雖貴為競爭激烈的知名升學學校，但一考進來成績一落千丈的也是有，我當初以為謝正良就是這樣才被歸為問題學生，但稍微打聽後才知道不只是成績問題而已。

謝正良其實在第一學年時成績很好，在全年級都是前十名內，考進來的分數也位在中高群。但是不知道為什麼第二學年的成績突發性的變得極差，幾乎是全校墊底，不只如此，他也是開始在那一年衝撞學校教育體制：在網路上留言批評、撕毀貼在教務處外的全校學生模擬考成績、寫信到教育部信箱談論教育制度……很多人不敢做的事他幾乎全做了，但也因此成為主任老師教官的眼中釘，警告小過不少，大過兩支。

雖然有點怕他，但好奇心驅使我還是向前搭話了，很意外的他已經知道我這個人，我們也很快地熟捻起來，在樓梯間聊天的次數都多到數不清了。那段日子真的很快樂，能夠毫無壓力的聊東聊西，儘管他不太懂音樂，但總是會聽我說一整節午休，我好久沒這麼開心了。

……可是該來的還是要來。

我把自己的煩惱說給他聽，他聽完只回了我一句：「沒有決心就不要去，否則只是浪費時間。」

是的，我的確對自己沒有信心，不光是錢的問題，非專科班的我真的可以在比賽中得獎嗎？其實國外比賽獎金優渥，足以抵掉一兩學期的學費，但是我連級數都沒有考，根本不知道自己的底線在哪裡，我就只是學鋼琴，想學得更多更深入而已。

謝正良平時無腦歸無腦，可是他有時候講話又一針見血，我很喜歡他這一點。

呵……我可以接受他的說法，卻無法聽進我父親的話。

隔了幾天後，我們在樓梯間玩牌，他突然跟我說：

「我高中畢業，就要直接去工作了。」

他說，反正他也不是很喜歡唸書，念大學反而浪費錢，而且以他的在校平時表現大概沒什麼學校敢收他，所以他跟家裡人幾經說服討論後決定高中畢業就出去工作。

他說這些話沒有表現一絲的猶豫，讓我很佩服，希望自己也可以像他一樣如此有決心。

你知道他接下來怎麼對我說嗎？

啊，等等，我再喝個……

嗚呃！

抱歉，剛剛講到哪了？喔對，接下來……

………

他眼神很認真地跟我說：「如果你缺錢，我可以幫你，反正我也不太需要負擔家裡的開銷。」

我很高興，真的很高興，不光是借我錢，他要幫我本身就已經足夠讓人高興了，我開始對自己往後的日子有點信心。

最終我還是報名那所藝術學校，儘管術科成績低空飛過就是。

高中畢業後的那個暑假我立刻就去打工，幫自己先存一筆錢繳學費，開學後剛開始的日子很難熬，要打工要上課，還得額外抽時間準備比賽的事，幾乎忙得分身乏術，很多同學們的邀約我無法去，系上家族聚會也一樣。

隨著時間過去，直到我真正缺錢的時候我才猛然想起高中說會金援我的同學。

想到這裡原本拿起的電話又放下了，我居然是因為缺錢才想起他，這麼羞恥的事我做不到，而且他會鄙視我吧，想著想著我拖了三天才打給他，那時候我人在宿舍的交誼廳打電話，雖然沒有人會刻意靠過來聽也不會有人在那個時段進來，但是我拚命忍著眼淚。

他說：「我過去，我們一起想辦法。」

比起聽到可以直接借我錢，我更喜歡聽到這句話，這讓我有種被重視的感覺，我頓時安心不少，也當場哭了出來。

就是從那時候起，我們形影不離，他推薦我去他那裡打工，那時他是咖啡店的學徒兼正式員工，他偷偷告訴我他未來想要開店，請我務必一起。

就是妳現在看到的這一間。

那時候跟他一起工作，一起學泡咖啡、磨豆子都很快樂，任何小事都讓我覺得人生沒有什麼是過不去的，只要有他在。

他就像一股推力，在我踟躕不前時推我一把，就像我的靠山，我曾經想過就這樣一直在一起就好……現在妳知道我對他的感覺了。

只不過，我不可能不顧其他人。那些勵志名言不是說什麼只要為自己而活就好嗎？那是不可能的。

因為父親在商業界佔有一席之地，相對的敵人也多，無論從哪裡攻擊都好，只要有縫隙就是致命性的弱點。大四那年，我難得回家和家人吃飯，從父親暗示性的話語中得知有競爭對手開始往我這邊注意了，要我自己打理好自己。

他們不知道我的生活，我也曾想過父親會找人暗中觀察我，但我仔細詢問過家裡人，完全沒這回事。家裡人根本不管我，連母親也是，她大概把所有的心思放在正在念國中的妹妹身上吧。

他們不知道是好事，但心上就好像空了一個洞在那裡，音樂、生活或是他，沒有一樣填補得起來，風吹過都冷。只有忙碌才能暫時遺忘。

——打理好自己。

……如果我現在就袒露自己的性向，是不是就會帶給他們困擾？從前不是現在，就算現在有很多人很積極地幫我們爭取權益，但是充滿偏見的人還是一直存在。我不是怨恨他們做得不夠多，我很感謝他們，他們的支持鼓勵真的令人感到溫暖，這世界還是有屬於我們的容身之處。

系上教授幫忙資助的個人演奏會在那時準備得如火如荼，我得加緊練習，也藉此慢慢和謝正良保持距離，所以妳也知道為什麼我會和蘇媛交往了，她只是那個非常時期為了避嫌的……工具。

和她交往的時候我不敢與她有更進一步的關係，都僅止於表面的情侶樣子，她對此都沒說話，我也就默默地維持現狀。

這種情況當然不可能維持長久，我們只交往了三個月就分手，牽手親吻，完全沒有。我笑自己，這到底算什麼愛情？是細水長流嗎？別好笑了，自己對人家一點感情都沒有。比起情侶，更像是朋友。

……當我得知她的死訊，我在想是不是我傷害了她，她十月來求復合的時候是不是她最後對生命的掙扎？我曾是能夠拉她一把的人，卻為了自己好不願伸出手……

魏俐安找上我的時候，就算她沒有說那些揚言要公開我性向、可能會影響到父親的公司和謝正良的開店等等威脅，我還是會答應要幫她。

我一點也不在乎幫她復仇這件事，我只是為了自己好，想做些什麼安慰自己罷了。

如妳所見，我是個極其自私的爛人，即使用往後的日子贖罪也改變不了我曾經傷害她的事實。

❖ ❖ ❖ ❖ ❖ ❖

磅噹。

高腳杯自他手中傾斜，倒在料理台上。

說完最後一句話後，蕭凜軒的頭砰一聲倒在桌上，失去意識開始發出細微的鼾聲。

我戳戳他的頭拉拉他的頭髮，竟然沒有任何反應。

「這小子一定喝酒了。」

不知何時穿著睡衣（淺藍色底小飛機圖樣）下樓的謝正良打開通往二樓的門，語氣有點無奈地撿起高腳杯放到鼻子前嗅了嗅，喃喃說了句明明就不能喝酒還喝伏特加邊把杯子洗了。

「那個，你聽多久了？」我從毯子裡伸出手發問。

「一開始。」謝正良嚴肅地說道，接著突兀拉開頑皮的笑，「騙妳的啦，其實我是從一半開始聽的，這傢伙居然瞞我那麼多事。當然，也有妳的份。」

我手沉默地縮回毯子裡，沒有應話。

「妳原本知道這些事嗎？」

我搖頭。

「但是跟妳脫不了關係，是吧？」

……點頭。

我現在就像認錯的小孩，低著頭接受指責。

我不再認為這些事都與我無關、她的死不是我的錯。

曾與她有關的人們，向我低聲訴說，也許是他們害死了蘇媛。

我不想像他們那樣，彷若披著名為兇手的荊棘如受害者般哭泣。

應該說，我不齒、我不屑。

如果是兇手，就沒資格哭泣——為什麼要哭？為什麼要哭？

他們不知道事情真相，就以片面認知胡亂臆測，如受冤罪之人將荊棘往背上披，哭著祈求人們原諒。

……我也要那樣做嗎？哭著說我才是兇手。他們都是因我而死。我應該要如此，才能獲得赦免、獲得不須陪葬的代價嗎？

為什麼會發生這種事？

妳知道為什麼嗎？

心裡有沒有底？

妳不要哭！妳不要只會哭！妳沒有資格哭！

把他們還回來……

為什麼只有妳——

「既然他被牽扯進這種事，我就無法袖手旁觀。」

「……」強制將腦子裡浮出的過去惱人聲壓下，我輕輕蹙眉。

「告訴我全部。」

他沒有懷疑誰對誰錯，只是想知道答案。

「我想先問，你為什麼會傳那句話……」小聲地問著。

「因為我不喜歡她。」

「嗯……？」

「有什麼好懷疑的，她是情敵啊。」

「……」說得也是。

「我只是不想再讓他受到傷害。」

他，沒有懷疑誰對誰錯，只是想知道造成這一切的原因。

因為心愛的人受到了傷害。

為什麼只有妳活著，其他人卻死了？（為什麼只有妳活著，其他人卻死了！）

他們背上流著血哭泣著，向我這個「兇手」祈求藏在黑暗裡的答案。

第十章

費時一個多小時，才將來龍去脈說明清楚，途中因為思緒紊亂導致有點語無倫次，但謝正良還是很有耐心地聽我說完。

我向他要了一杯水，他很奇怪地問蕭凜軒沒有倒給我嗎？我編了個理由說我當時不渴。沒填到水的透明杯身覆了一層霧氣。他很細心。我心想，一邊用杯身暖和冰冷的雙手。難怪蕭凜軒會這麼依賴他，他既細心又敏銳、幽默風趣，要不喜歡上他很難。不過我對他並不是看了心臟就會悸動血液循環變好的那種喜歡。

我恐怕這一陣子無法再去碰觸任何有關情感的事，那傷過痛，使我像負傷的鼠，碰一下身體就會下意識竄逃。

「那妳為什麼會回來這裡？」

「我和她說，我有事情想確認清楚，請她再給我幾天時間。」

「她對妳特別鬆啊。」

「應該是因為她認為我不會逃跑吧。」

「可是妳還是從頂樓溜走了。」

「那倒也是。」

「妳隔天的打算呢？」

「嗯……再去一趟蘇媛家。」

「老家那裡嗎？」

「租的。上次沒檢查完，雖然總覺得這次應該檢查不出什麼，還是想看看。」

「妳弄清楚妳在找什麼了嗎？」

「可能，也許，大概。快知道了。」

不，我知道我在找什麼，那屬於我必須了解的一部分。

我正在尋找蘇媛的遺物，找的同時也在推知她私底下是怎麼樣的一個人，以及她會自縊的緣故。她會自縊至今始終是個謎。

「要不要陪妳？」謝正良問。不知是好意還是好奇。

「其實不太需要，但是我希望在睡覺的那位跟我一起去。」

他挑起眉，瞄了一眼趴在桌上沉眠的人，看起來很猶豫。

「他是屋主，你剛剛也知道了。」

「他醒來我再問他看看。」他說，似乎不是很願意。

「希望他可以早點醒，不勝酒力的通常都睡很久，我猜的。」

我側身抬頭，牆壁上的掛鐘顯示凌晨一點半多，意識到時間的同時我也有點睏了。

「我們都去睡吧。」穿過睡死的人脅下，一把把人往肩上扛，被扛的人發出不太舒服的聲音，不知道在咕噥什麼，很快又睡去。

「晚安。」打開員工休息室門，我想到目前有點煩惱的問題，「呃、那個。」

「嗯？」

「如果有個答案可以解決你現在所有疑惑，但代價可能是漫長的痛苦，你會選擇去揭開嗎？」

「她又出了什麼謎題嗎？」一手放在門把上的人問，他大概想到幾天前的盒子海。

「這次不是謎題。」

他眨了眨眼後，了然於心地輕笑，「嗯……如果是我，我不會選擇揭開。」

「為什麼？」

「也許妳會想一般人都會毫不猶豫地選擇知道，可是大部分的人還是會在選擇之際停下來，選擇離開。因為代價過於不確定，而且代價若真的是漫長的痛苦，我寧願什麼都不要知道。」

「是這樣嗎……」

「可是無論如何都想知道、或覺得自己必須知道，那就去撕開看吧。」

聽起來好痛，但是他說得有理。

「反正人生很長，有的是時間去撫消疼痛。」

「你真樂觀。」我無奈笑了，多半是自嘲。

「日子還是要過，不如努力讓自己快樂點，死了才不會後悔。」

真的不會後悔嗎？

「好好想想吧，就當作是人生習題。」

「嗯。」

「那我先上去睡了，妳也早點睡。」他打開門，謹慎小心地不讓蕭凜軒撞到頭。

「晚安。」

「晚安，明天見。」門在我面前無聲帶上。

回到黑暗的室內，拍了門口邊牆上的開關，室內瞬間如同白晝一樣明亮。

坐上沙發椅，我屈起膝解鎖外殼粉紅閃亮的手機，來到檔案總管裡拉下所有畫面，螢幕跳出數字密碼的空格，輸入與方才相同的數字密碼後顯示的是一錄音檔。

「給伶」

我戰戰兢兢地，點了下去。

熟悉的嗓音溫柔貼上耳膜再次輕輕鼓動。

❖ ❖ ❖ ❖ ❖ ❖

收好簡易的盥洗用具，背包還是和幾天前一樣重量，自己也沒去買想買的。

昨天用耳機聽錄音檔聽到一半左聲道耳機突然沒聲音，聽完後很詭異的連右聲道也沒聲了，像是說好般隱蔽了所有的內容。

今早測試還是傳不出任何聲音，仔細想想後決定和從蘇媛工作櫃撿來的護目鏡捲在一起拿去回收。

醒來後是早上九點，謝正良難得做了豐盛的總匯早餐，肚子快餓扁如我，迫不及待接了過來。上面有一小碗生菜、蓬鬆的歐姆蛋、兩片迷你烤土司、一塊奶油、油煎三根蘆筍和兩朵磨菇。這家店終於出現像樣的東西了。我調侃正在煮咖啡的謝正良，他反駁說這家店都是很正常的東西。

蕭凜軒還在樓上盥洗，他一早被謝正良挖起來。

「他很難叫醒，」煮好咖啡端給我，他說，「所以我用了特別的方式。」

特別的方式？

「噓噓噓，我不能說，他會生氣。」他俏皮地豎起食指擺在嘴前。

餐點不負期望的好吃，他真有一手。我提起要付這幾天的餐費和住宿費，他很爽快地說收住宿費就好，餐食幾乎都是試作。

「妳看起來比昨天開朗多了，雖然不明顯。」

「可能是受到你的影響吧，『日子還是要過，不如努力讓自己快樂點』。」

「妳居然還記得，真是令人難為情，啊啊，記憶刪除記憶刪除！」他作勢在頭邊揮動雙手。

「我盡可能忘掉。」我笑著說。

我真的受到了影響？並沒有。事實上昨晚聽完錄音內容後我整顆腦袋陷入沉寂狀態，沒有豁然開朗，沒有真相大白的解脫感。是不是因為還有懸而未解的事，我不清楚，就像有個結卡在順直的思緒線上，動彈不得。

我決定對未知的問題保持樂觀，只因為真相糟到不能再糟了。

通往二樓的門唧的一聲被打開，下樓的人臉很臭，看到我又更臭了，臉頰附帶淡淡的紅暈。

「妳要去那裡？」他嗓子有點沙沙的。

「嗯嗯。」

「我也想去。」謝正良舉手說道。

「跟你又沒關係。」

「我知道，所以有關係。」

蕭凜軒微微瞠大眼，看看舉手正在咬迷你吐司的人，又看看我，來回看了幾次之後視線釘在我身上。

「……他都知道了？」

我有些尷尬地端起咖啡輕啜，點點頭。

「他，都知道了？昨天？全部？」他一步步，確認般地逼近。

「呃、嗯。」我緊張地放下杯子。

「妳告訴他的？」他猛地抓住我的肩膀，看起來相當震驚。「妳、告、訴、他、的？」他又拔高音調震驚地問了我一遍。

「是喔，全部。」謝正良慢條斯理地啃完一片吐司後開始吃歐姆蛋。

「欸明明有一大半——」

「妳為什麼告訴他！」果其不然，他失控地開始抓著我的肩膀前後亂晃，我真怕剛剛吃下去的蘑菇被搖出來。

「呃呃呃呃呃有一半是他自己、呃呃呃呃呃——」蘑菇要到喉嚨了啦！

「妳為什麼告訴他啦！」

「凜軒，好紳士不欺負女孩子！」謝正良從後面架住失控的男人往後退，迫使他與我分開一段距離，原本快到喉嚨的異物又掉了下去。

「那是什麼歪理！臭良放開我！我現在很火大我要揍她！」

「不可以啦。」

「放開啦臭良！」

最後還是決定一起去，我看著有點眼熟的車子很猶豫。

「我可以坐公車——」

「開車比較快，妳就上車吧。」謝正良打開車門往裡面推著我的背。

「慢吞吞煩死了。」

早就坐在駕駛座上的蕭凜軒臉臭地發動車子，從巷道駛到大馬路上。

「欸欸，可不可以聽廣播，我想聽有播你——」

「想都別想。」正在開車的人快速拍掉想按廣播聽的手。

看著毫無緊張感的兩人，我默默從背包裡拿出手機傳了訊息給魏俐安，這次她什麼都沒回。

她已經篤定我不會跑，準備好要我付出代價了嗎？

這種莫名的自信她到底從哪生來？

她說她很了解，透徹我的一切。毛歸毛，難道她就是因為長年的觀察才會如此有把握？所以不管我去哪，會怎麼做，一切都在她預料中嗎？

我不禁想起周心靚死去的那天，有極大可能都是被安排好的。只差向「她們」確認了。

……我那時候真的，笑了嗎？

印象中是沒有的。

屬於小學的記憶我大抵上都忘得差不多了，只剩下「大家好像都很怕我」和魏俐安說的霸凌事件。霸凌事件我是記得的，我也記得曾經去幫助過那個被霸凌的小女孩，大概是因為同情心作祟，於心不忍才那麼做，但我卻不記得那是誰，小學同學的名字我根本一個都記不得。

既然她說升上高年級（還是中年級？）我沒有去幫助她，那可能就代表其實我根本不在乎當初幫助的小女孩、忙得忘了、或不記得那是誰。

受苦中的人不會忘記曾經幫助過他的人。因此她受到了形同背叛的漠視嘲笑，就可能會轉為絕望、對周遭人失去信心、亦或怨恨。

鮮血落地濺開，噴到施暴者身上，同時旁觀者也會沾染上一點。

情緒激烈的傷者會緊咬那血印子不放，尤其是旁觀者。你為什麼不來救我。你只是在旁邊看著，比那些人更可惡。會這樣緊咬不放的理由是他們會因為愧疚而半自願去承受傷者任意釋放的憤怒，在立場上比傷者及施暴者更加弱勢。

……我現在是在把自己定位成弱勢者嗎？

不過可能確實是如此吧，以她那番話來看我的確是站在旁觀者的位置，但我不想將自己定義成弱勢。我明明什麼也沒做，為什麼要被動地接受呢？該死的是那時候的我，該死的幫助被霸凌的小女生，該死的冷漠眼神和揚起的嘲諷。該死的我一點也記不得自己到底有沒有笑，也不記得自己當初那麼做的理由是什麼。該死的、該死的。

該死的為什麼我現在要被強迫站在兇手的位置？

霸凌的人不是我，逼人自殺的也不是我，殺人的更不是我。

我什麼都沒做，但是有罪。我必須償還我「無意間」犯下的罪孽，就像蒼老父母替肇事酒駕的兒女向死者家屬磕頭道歉一樣。

什麼都沒做嗎？妳確定妳什麼都沒做嗎？

我……

她說妳對她見死不救，辜負了好朋友。

她們……

對，就像他們，妳敢保證妳沒有做過什麼事悲劇就自行發生了嗎？

…………

我始終想不起來那些夢境，或代表什麼意思。

我知道那是我一直想忘卻的事。

所以「漠視」及「忘卻」本身就是無法饒恕的罪惡嗎？原來我一直在背負這些嗎？

妳的錯。都是妳的錯。

妳害死所有人，這全是妳的錯。

「小心！」

謝正良不知道在吼什麼，我勉強撐起疲累的眼瞼，視野模糊不清，但聲光激烈交錯，就像在看電影一樣。

霎時間轟然巨響，幾秒後，世界又歸於寧靜。

❖ ❖ ❖ ❖ ❖ ❖

四月二十二，二十一點四十三分

「媽媽今天不知道為什麼很累，可能要麻煩妳自己坐車回來了。」

將行李的位置挪好到一旁，我微微活動僵硬的筋骨，剛剛在火車上坐太久，渾身不舒坦。

要從學校回老家，其實搭乘高速鐵路是最快的，但是那路程頗微麻煩。首先必須到客運站，搭乘一小時左右的客運穿過長長的隧道到達隔壁縣市的轉運站，下車後來到車站大廳再往地下一樓走，沿著指標可以找到搭乘高鐵和火車的地方，高鐵在左手邊，火車在右手邊，兩相隔的公共空間總是有絡繹不絕的乘客。

我不喜歡排隊，因此要回家前總是先上網訂，再去超商取票，超商取票的好處是可以用票根的優惠買咖啡，我常常拿著票去找蘇媛，每次如此她遠遠看到我就會很開心，雖然我們無法在那連鎖咖啡廳坐下來好好喝一杯咖啡，作業壓力太繁重了，所以我們總是一起去買，然後各自帶回去住處一邊趕作業一邊喝，雖然有時候也會一起帶去系大樓的工作室，但那通常沒什麼時間讓我們可以一邊閒情逸致的喝咖啡一邊做模型。

高鐵是最快的，不用三小時就能到達目的地，位置舒適，伸伸腳也沒問題。到達目的地後——還要再轉車，若時間算準一下穿過車站指引通道就可以直接到達火車停靠的月台，這時跳上火車坐定後很快就開了，到下車站需要半小時的時間。總路程約四小時至五小時，排除等車轉車因素可以更快。

以往來火車站接我的都是母親，父親因為工作的關係有時候深夜才回到家，天剛亮又要出門，印象中和父親碰到面的次數比遇到隔壁鄰居的次數要少。

從火車站出站後，要等一會兒公車，必須坐二十幾分鐘才會到家裡附近的公車站牌，再走幾分鐘即可抵達。

下午三點坐車，回到家已是晚上九點多。從窗外看，母親窩在沙發上睡著了，原本想叫她幫我開門，不過還是別打攪熟睡中的人比較好。我靜悄悄地用鑰匙開了門進屋，先把行李放下走到母親旁輕輕推著她的肩：「媽、媽。醒醒，我回來了。」

母親似乎沒聽到我的呼喊，依舊熟睡著。我試著提高音量，也完全沒有動靜。我蹲下身子湊近細聽，細微的鼾聲一如往常。

好吧，沒辦法。先拿外套蓋住母親的身子以免著涼，然後提著行李上樓去。途中經過了吳允竑的房間，門縫溢出尚未休息的燈光，這麼想起來，他好像已經考完學測了，大概是在彌補流失將近半年多的電腦遊戲進度吧。沒有多加駐足，我繼續往樓上走去。

這間客房原本是我的房間，自從我上大學搬出去後，家裡就將它改裝成客房，專門給父母的朋友或客戶留宿用。很實用的計畫，但是我不喜歡。其實我暗自臆測他們是不是認為我一旦出去就再也不會回來這個家了。

把幾件衣服和外套用客房的衣架撐起來後掛在衣櫥裡，順便把盥洗用具拿出來先預備，等等吃完飯就直接去洗澡吧，我才不管胃會不會下垂呢。我拿了客房的備用薄被子下樓。

父親回來了嗎？弟弟房間隔壁就是父母的臥室，我好奇地開了主臥室房門，如果父親在就好了，他絕對不會放母親一個人在客廳睡覺。房間是微亮的，雙人床旁的立燈散發出微光，父親靠著床板就這樣閉眼睡著了。

進去前小聲說了聲打擾，我走向父親那裡。

他腿上蓋著被子，手邊有本財經知識相關書籍，因為翻閱者睡了，書本從手中滑落闔起。父親是看書看到一半睡著了？真是難得。我試著推他像推母親一樣，提高音量叫喚。他與母親一樣深睡著。

他們工作是太累了嗎？也許真的是過於疲倦吧。

幫母親蓋好被子後我走去廚房弄東西填肚子。上高鐵前是在車站大廳買了手卷和味噌湯，份量之少完全填不飽肚子。

我從櫥櫃裡拿了麵、一些葉菜和高湯，煮了一鍋湯麵。絕對不能有剩下，否則母親會生氣我不做剛好的分量。

吃到一半，吳允竑忽然下樓，無視我走進廚房，他的手伸向杯架，大概是口渴下來喝水吧。我也一樣無視他繼續吃食。真是尷尬，希望他趕快走開回房間去。

……就算我再怎麼心無旁騖地專注眼前的事，背後一直有人盯著看還是很不舒服。

他盯了很久，直到我快吃完麵他的聲音才從後面傳來：「妳今天為什麼回來？」聲音聽起來有點乾澀。

這是什麼問題？我不想回答，但不回答不知道會發生什麼事。吃完最後一口麵，我動作起伏不大地深呼吸，反問：「我不能回來嗎？」

磅！

餐桌像是被什麼重敲給震了一下，我知道是什麼導致，雖有預備，心臟還是被嚇得縮一下，不過表面我倒是認為沒什麼異樣。怒敲桌子的人在一旁凶狠地瞪了我一眼（簡直要噴火了），快步離開廚房走上樓梯回房間，樓上不意外的也發出很大的摔門聲。

過了好一會兒，我發現家裡沒人對此有反應。

母親依然熟睡，父親似乎也沒動靜。

我有些不安地把鍋筷洗了之後又走去客廳試著叫醒母親，這次她雙眼開了個小縫，但是又很快闔起來了。我嘆了口氣，回客房拿了顆備用枕頭墊在母親的頭下、將客廳打成昏黃光線就去洗澡了，洗完澡下樓瞄了眼客廳，她維持著剛才的姿勢沒變。

我悄悄來到主臥室，拿開書本放到一旁的小桌，將父親的睡姿調好，途中他發出低沉模糊的囈語，完全沒被我的動作吵醒。

真的假的？

我再度試著叫醒父親，但他毫無反應，睡得非常沉，沒有防備與他平常略微嚴肅拘謹的樣子大相逕庭。

安靜地（這個動作好像也不太必要了）關上門，隔壁房門縫下的光線黯然消失。

我走回客房，拿出從學校帶回的概論作業做了一點後，吹完頭髮倒頭就睡。

我沒去多加思考他們夫婦兩人為何做出了一反以往不合他們「原則」的事，太疲倦了，剛回到家時整個身體好像自動繃緊難以放鬆，洗完澡後總算舒坦一點，我很快睡去，估計沒有睡飽是不會醒的了。

❖ ❖ ❖ ❖ ❖ ❖

滴、答。

滴答。這是什麼聲音呢？

啊，我知道這是「聲音」，那我一定是有聽過，但，是什麼樣的「聲音」呢？

既然是「聲音」，那就有發出「聲音」的「物體」。那「物體」會是什麼？

我用我現在正在轉動的腦袋打賭，我肯定知道那是什麼。不是忘記了，只是想不起來，因為那股既視感停留在我的思考迴路旋繞不去。

想看，我想看那「物體」長什麼樣子，說不定在眼前確認後，我就會想起來了。但是我眼皮好沉重，費了點勁才勉強撐起。

白白的，沒有東西，一片空白明亮。我不知為何想起Fabriano[1]這許久沒再接觸的紙張原名，上面的壓紋和眼前的模糊波動有點相像。

眼際右側的光較為強烈，避開那裡後隔一陣子才能慢慢適應。

我試著撐起身子，想尋找滴答聲的來源，它到現在還是持續著，不快弄清楚那是什麼讓我有些焦躁，甚至懊惱起自己的記憶力。

壓著床鋪的手有些刺痛，連帶肩頸也一併有疑似輕微拉傷的痛楚，漸漸我發現不只這樣，腦袋也似乎受到撞擊般暈呼，附帶一點耳鳴的狀況。發生什麼事了？

「……吳小姐、吳允伶小姐！」

一陣陌生的男性嗓音叫喚著我的名字，聽起來在急切確認。

[1] 義大利Fabriano，為設計或插畫專門用紙，其特徵為細緻的橫條壓紋。

我忍著痛轉向聲音來源，他離我不遠，就在靠近床尾的旁邊，一位我不認識的男性似乎就是甫叫喚我的人，我正眼看向他。他身穿灰色的風衣，每一個動作都會摩擦到外套，沙沙、沙沙。

「吳小姐，妳清醒了嗎？」

「……嗯。」

我想和他說我這不是醒了嗎？但是喉嚨很乾，我努力想講出一句話都頗微困難，只得單純應聲。

「要喝水嗎？」

我點點頭。灰衣男子走到我床頭旁的矮櫃，矮櫃上有一個熱水壺，他從下方層櫃取出一個拋棄式紙杯為我倒水，我雙手輕微顫抖地接過，杯身是溫的。

灰衣男子回到原本位置，我盯著杯子裡的水，水面映出上方的一片白，靠近杯緣處有個數字。

「妳不喝嗎？」灰衣男子問。

「……時鐘。」發出滴答聲的就是時鐘。這下弄明白了。

「啊？」

「沒事。」我和他對上視線，「你是……？」

「喔，忘了先自我介紹，我這邊是I市警署分局，敝姓陳。」他從褲子口袋裡抽出一本小手冊，距離太遠了我頂多看到照片和幾行字的輪廓。

「呃……喔。」那就是警察吧。我慢慢喝著水，舒服的溫度滑進喉嚨裡，滋潤了乾澀的口腔。

「對，」他收起手冊，「妳知道這裡是哪裡嗎？」

我稍微環視了一下四周，「……醫院。」為什麼我在醫院？

他一臉滿意地點頭，這有什麼好滿意的？「今天上午妳與同行友人搭乘的車子在××路口受到偏行車輛的擦撞導致衝撞安全島。目前其他兩人受到較為嚴重的傷害，妳因為坐乘後座所以僅受輕傷，院方預估另外兩人今晚或明日才會醒來。」

時鐘顯示五點多，所以現在應該是下午，因為他說今晚。

我會在這邊是因為出了車禍？我記得當時……

「妳記得當時的情況嗎？」

「……我不是很清楚，那時候我好像在睡覺……」似乎是在思考著什麼，想著想著不知不覺就睡著了。

灰衣男、呃不，陳警官點點頭，記了些字在不知從哪抽出來的小冊子上，「那還有其他什麼印象嗎？一點點都好。」

「小心。我聽到有人喊小心，應該是謝正良，比較矮的那一個就是。」

「好。」

「擋風玻璃碎了。」記憶裡我有瞄到一點像是透明碎片的物體飛到眼前，碎片後方是蛛網般怵目驚心的一大片裂痕。

「好的。還有嗎？」我搖搖頭。

陳警官露出有點可惜表情闔上小冊子，「是人為嗎？」我問。

「交通事故幾乎都是——」

「我不是指那個，我是指蓄意人為。」

陳警官這次露出了有點訝異的表情，臉上寫了「妳怎麼知道」。「您剛剛問我當時的情況，說一點點都好。」

叩叩。病房的門被打開了，開門的人看了我一眼後招了招手要陳警官過去，兩人在外面低頭交談了好一陣子，幾分鐘後兩人一起走進來，後面跟了一位穿白大衣的人。我想是醫生吧。

醫生走過來，問了我身體有沒有哪裡不舒服，我如實把大痛小痛之處都告訴他了，隨側的護士拿了顆藥給我要我吞下，之後告訴我，在醫院休息一晚明早即可辦出院手續。

護士告誡站在一旁的兩位，請不要占用病人的休息時間太久後就隨著醫生離開病房。

「吳小姐，您好，敝姓蔡。」陳警官旁邊的人很快地抽出警察手冊啪啦一聲攤給我看，又很快地收起來。「我們逮到今早造成妳們車禍的人了。」

「……好啊。」

「咦？」蔡警官一臉不解。

「她是不是要見我才肯供述。」不然報告逮到兇手的事交給陳警官傳遞給我就可以了，「我猜的。」

「是這樣沒錯……」他們交換眼神後，陳警官走到門前開了門，上半身探出去外面叫人。

過了一會兒，她被人帶進來，精神看起來有點恍惚不定。

「如果是蓄意人為，時間又在那麼剛好的點，除了妳沒有其他人了。」除非我判斷錯誤，不是她而是其他人的突發性犯罪，那就糗大了，但她的可能性最高。

「兩位認識？請問兩位的關係是？」陳警官問。

「同學。」不是朋友，我們從來就不是朋友，「我們是大學同學。」

魏俐安茫然地看著我，不可置信似的。

第十一章

魏俐安的嘴巴一張一合的，大致上就是把昨天晚上在公路旁的話又說了一遍，但是她這次看起來有點怨恨且精神恍惚。

旁邊的四位警官聽完後有點錯愕，應該說是覺得這人怎麼這麼奇怪。

「魏俐安，我告訴妳我現在對那件事的看法。」

她瞇起眼。

「首先，小學的事我都已經忘得差不多了，妳現在跑來跟我討價還價也沒有用，因為我都記不太起來。

不過，小學時我曾經幫助過一位被霸凌的女孩我倒是記得，但是我卻怎麼也想不起她的名字，直到聽了妳的那些話我才想起來，小學班上似乎是有這麼一個人。妳要怪我不記得妳也行，我從小不知道為什麼就像妳剛剛說的，不太有人靠近我，我自己也無法理解。但世界上有很多種人，也有像我這樣子的，所以也不用這麼意外。

妳處理霸凌的事讓我不知怎麼評論。小學生，總是讓人出乎意料，妳也一樣，但那種方法並不是不好，只是不適用在妳身上，其實對多數人來說這實在太異想天開，怎麼想風險都很高。

妳說我當時笑了。

我無從辯駁起，就像我前面說的，很多事我都忘了。妳現在再來追究都沒有用，但無視妳被霸凌這件事我可以跟妳道歉。真的很對不起，我當時應該去救妳。」

我低下頭。

「妳早該跟我道歉了。」她略為不屑。

「……早知道就不去幫妳。」我用在場所有人都可以聽到的音量低聲說道。

對於這一點我真的感到後悔。

「妳說什麼？難道妳要見死不救嗎！」

「不是見死不救，」我抬起頭，直視她的眼睛，「是避開危險。如果我那時知道當初幫了那個小女生會導致跟蹤、刮取我所有私人資訊和被列為報復對象，那早知道我就不去幫妳了。」

「妳這跟那些霸凌者沒有兩樣——」她咬牙切齒。

聞言，我搖頭，「我本來就不是好人，不必對誰都好，也不是每個受苦中的人我都得去救。那根本就不全是我的責任，唆使霸凌的不是我，要周圍的人起鬨也不是我，我只是好心去安慰妳，為什麼那會變成全是我的責任？為什麼要把全部的怨恨發洩到我這邊來？為什麼我要因為沒去救妳就得以死來補償妳？」

「妳在逃避責任！」魏俐安倏地站起想撲過來，旁邊的女員警反應很快地把人押制住，「妳在逃避責任，妳根本不知道我有多痛苦，還想要以忘記為理由敷衍我！」

「魏俐安，妳根本沒聽進我說的話。」我冷靜地回應快抓狂的人，「如果我當時去救妳把那些人趕走，妳一樣會做出那些事。」

「聽妳在——」

「妳還是聽不懂嗎？就算我不是霸凌的人，可是妳已經在妳心中擅自把我認定成加害者了。不管我經過妳們教室時有沒有去救妳，妳都會把我列為報復對象，只是理由不同。妳想問為什麼對吧？因為我在低年級時幫助過妳，在妳的自我中心意識裡我變成了比妳更弱勢的人，妳的痛苦無處傾訴，剛好就在那時候我出現了——妳記不記得妳那時打過我？」

被我這麼一問，她愣住了。

「那時候我去找妳，安慰妳，而妳向我哭訴。就在上課中打響的時候我準備要離開，這時候妳從後面拉住我的頭髮，狠狠地往我肚子踹了一腳就跑掉了。」

「我……」魏俐安瞪大雙眼，努力回想，也許聽我這麼一提起她忘掉的部分就慢慢浮現了。

「那刻實在太過突然，我一整天都驚魂未定。」

「我、我才沒……」

「這部分妳剛剛供述的時候我才想起來。

為什麼我避而不見，那就是起因。也可能是我不願去救妳的原因之一。」

❖❖❖❖❖❖

魏俐安低垂著頭不發一語，在場也沒有人對此評論。

「妳想做什麼，怎麼做那都是妳的自由，只是傷害到旁人就是不被允許。

妳這幾天的行徑真的太誇張了。」

「什麼行徑，能否具體說明一下？」陳警官舉手發問。

我瞥了他一眼，「妳要自己說還是我來？」

從這個角度看不到她的嘴巴在說什麼，只知道她在低聲說話。

「不好意思，大聲點。」陳警官替在場所有人發言。

「……妳不是我，妳怎麼可能會知道。」

「我當然不知道。」我雙手舉起成投降狀，「但是我可以大概推測出妳會那麼做的理由。」

「……？」魏俐安抬起困惑的臉。

「妳到現在還該不會以為，我會如期照著妳的預測走吧。」

「妳變了，妳真的完全變了……」

「不如預期，讓妳失望了嗎？」我露出苦澀的笑，「所以才摔東西？」

她猛地抬起頭，瞠目結舌。

我沒有理會她，開始從頭說起。

「妳整個計畫從我來到這裡就開始了，妳方才也自己說過，蘇媛死了我才會不得不回來，因此很明確的，蘇媛的自縊身亡對妳來說是整個計畫最重要的開端。但是如果她沒打算自殺，她一樣會死，妳自己知道為什麼。」

魏俐安的面色頓時一陣青一陣白。

「蘇惠告訴我——喔，蘇惠就是蘇媛的姑姑，蘇媛也是我大學同學，沒有事先說明不好意思。蘇惠告訴我，自殺現場的桌子上擺有一碗花生豆花，那是蘇媛生前很喜歡的一道甜品，裡面被發現下了藥。但她不是想要服毒自殺，她早就已經決定好要自縊，湯裡有下藥這件事連她本人自己都不知道。

幾天前，周心靚被人發現昏倒在自家客廳，送到醫院時已經無法救治，屍體解剖後發現她的胃裡有尚未消化完的藥物。

那藥物和蘇媛湯裡是一樣的。

會是周心靚放的嗎？我猜想並不是的。我在蘇媛的私人遺物裡發現了一封信——在我背包裡，對，就是最鼓的那封。那封信裡滿滿都是對蘇媛的恨意，一封來自母親怨恨恐懼的信，裡面也提到相當多她們家裡以前的事，妳大概沒有想過為什麼蘇媛從高中就一個人住在外面。因為她的母親對她和自己的丈夫是百般恐懼與厭惡。就算如此，她也沒有多說什麼，不吭一聲就搬走了，臨走前她還請蘇惠代替她照料無法打理自己生活的母親。

但其實，周心靚對自己的小孩並不是全然排斥。

否則她就不會署名『媽媽』，不會問我蘇媛在學校有沒有很多朋友，也不會自殺。

在她心裡的某部分，還是愛著自己的孩子，儘管被自己丈夫教育的扭曲，但蘇媛終究是她親生的小孩，她沒辦法完全討厭她。長年的精神壓迫與內心矛盾導致她精神失常，就在她得知蘇媛死去的那一天起，她緊繃痛苦的內心獲得了可以解脫的資格，因此不管旁邊的人費盡唇舌意圖要她自殺，還是隨口一句『去死』，她都可以作為自殺的理由。

剛才那後半部分是我的臆測。你們參考就好。

妳可能想反駁我：『妳怎麼知道蘇惠不是騙妳的？』，如果要騙人，那演技也太過誇張，我就是知道她不會騙我我才會將她的話列入推理線索。」

「妳想說藥是我給的嗎？妳沒有直接證據。」魏俐安說。

「我當然沒有，所以我說我只能靠推測啊。

周心靚送醫之後，蘇惠請我一起去吃飯，吃完飯後我們坐在橋那邊的河堤上聊天。啊，聊著聊著都那麼晚了，快回去吧，這條巷子走出去有個公車站牌可以直接搭到火車站。可是公車沒搭上，就被警告說有人跟蹤，載著我甩掉跟蹤狂。

妳沒有想過如果我拒絕接受晚餐邀約的後續發展該如何處理，因為妳知道我一定會接受邀約，因為周心靚才剛死沒多久，在前一天妳又指著我的鼻子說我如何如何無情，我下意識會對蘇惠這位遺族感到憐憫，因此不忍心拒絕。

但是，如果周心靚沒有死，我就不會被警方叫到醫院，若有邀約我接受的機率也會降低很多。因此，要能使我達到那天的目的——住進咖啡廳，周心靚就必須發生嚴重的意外。這樣蘇惠才能邀請我幫妳拖時間，蕭凜軒才能驅車假裝是跟蹤狂，但他也只是在那附近繞一繞，停到公車站牌附近，跟著我們一小段路就走了。」

「我為什麼要刻意讓妳住進咖啡店？我看妳可憐幫妳找住處不好嗎？」

「住進咖啡廳妳才可以掌握我的行蹤啊。那只是一個妳可以掌握的點，而且負責監視我的人也常去那裡。順帶一提，他昨天晚上全招了。

我只能說，要找共犯也找自己熟悉的人吧，他們讓妳的計畫破綻百出啊。」

「蘇惠女士和蕭凜軒確認是共犯嗎？」

「對。」頓了下，我又說，「雖然他們是半自願性參加，但他們是無辜的。他們只是幫忙一些關鍵行動，對我並沒有殺意。」

「了解。」

「聽您的描述，蘇小姐家裡似乎有……無法公諸於世的隱情，這部分您是否知道些什麼？」蔡警官問。他搓搓他的手塞進外套口袋裡，寒流是今天來嗎？今天好像比前幾天更冷一點，外面隱約聽得到呼嘯的風聲。

「就……信上講得那樣，還有那個，」指指背包，旁邊的女員警幫我拿了過來，我抽出筆記本和閃亮亮的手機，「這是交易紀錄的證據，筆記本只是一部分，完整版的交易紀錄原本在隨身碟，後來怕弄丟我挪到手機裡。」

我滑開手機解鎖，來到檔案總管點去文件資料夾，裡面躺了一份我複製過的完整版交易紀錄和一純文字檔。我把這兩樣東西連同信封都交給警方（信封只抽走了信件部分）。

「這……」點開檔案大概瀏覽的蔡警官驚訝到說不出話，旁邊和女員警一同押人進來的另一位男員警也不可置信地喃喃自語：「為什麼……」

「請你們的人快去找吧，這是鑰匙。」我掏出那天魏俐安給我的鑰匙，有三把，分別是租屋處、老家大門和地下工作室的。「現在租屋的續租人是蕭凜軒，如果你們有需要的話。」

蔡警官低聲交代幾句後，男員警就立刻離開了病房。

「妳應該在第一時間就報警交給警方處理。」蔡警官責怪般地說道，敲著腦袋看起來有點頭疼。

「抱歉。」

「事情好像有點複雜。」陳警官輕輕刮著臉頰，發出略為困擾的嘶嘶聲，「可不可以簡單說一下在這事件裡所有人的關係？」

我點點頭，稍微思考了幾秒，「我和魏俐安是小學和大學同學，蘇媛和我則是高中和大學同學，我們三個人都是I大學設計系的學生，但是我本人因為私人因素目前休學；蘇媛的父母是周心靚和蘇胤，蘇惠則是蘇胤的姊姊；蕭凜軒是蘇媛的前男友，他們在蘇媛高中畢業後的暑假短暫交往過一段時間；謝正良是蕭凜軒的……應該是朋友，咖啡廳的老闆。啊，還沒開幕，下星期要試營運了。」

「您不確定蕭先生和謝先生的關係嗎？」

「這個嘛，您可以去問問看本人，我想他應該不會喜歡有人四處傳他的八卦。」

「目前確定的是什麼？我是指大概的感覺。」陳警官用手指在空中畫了個圓圈。

「……友達以上，戀人未滿吧。」我喝了口水，水變涼了。「當初魏俐安就是查到這點才會用來威脅蕭凜軒協助她。」

「這樣啊。」一旁的女員警終於開口說話了，我瞥見她用厭惡的眼神瞄了魏俐安一眼。

「後來呢？」

「後來……我剛剛講到哪？」

「住進咖啡廳。是暫時住在員工休息室之類的嗎？」

「嗯。因為老闆以為魏俐安是蕭凜軒的朋友，不疑有他就答應我住下來了。」

說不疑有他是騙人的，對方可是相當敏銳。

「真是毫無防備……」他一邊嘟噥一邊在小冊子上塗塗寫寫。

「我剛剛忘了說，我來到這裡的第二天早上和魏俐安去蘇媛老家上香，然後才碰到周心靚，她那時候就已經是異常狀態。」

陳警官頭也沒抬地應了一聲，等他停下筆我才繼續說。

「第三天，也就是我住進咖啡廳的隔天早上，我陪同魏俐安去學校辦理休學手續，」我指指現在不知道為什麼在放空看窗戶的人，「我也是在那時候到系上的工作室去開蘇媛的工作櫃，想說幫她清一清，也問接得知檔案位置。」

「什麼意思？怎麼知道的？」

我從背包挖出公仔，把底部秀給他們看，「下面有提示。那時候隨身碟裡全部都是資料夾，檔案就在最後底層的其中一個裡面，我費了一番功夫才找到。

隨身碟和筆記本都是在蘇媛租屋找到的，那時候我清完蘇媛的工作櫃後就直接搭校車出校園，再轉公車去她家。」我看向她，悠悠地說了，「那個時候，她一直打電話過來，因為我擅自離開，她一時無法掌握行蹤。」

「那時候妳有發現屋子有任何異狀嗎？」

我知道他指的是另一份文字檔所標示的內容，「如果你是問文字版檔案內容，那我沒有發現，不過我倒是在冰箱冷凍櫃裡發現一根女人的長髮，顏色好像是……亞麻色，直髮。頭髮因為嚇到所以被我扔在地上，你們的人去了應該就會發現，不好意思。」最後一句是對蔡警官說的。他點點頭表示明白，皺著眉頭到外面撥電話。

「當天晚上，就是解謎之夜。」掏出空白的隨身碟，女員警接了過去，我說裡面都被我刪掉了，因為好像也沒用，反正重要的檔案已經移出。大概是在外面也有聽到的蔡警官，走進來時戴著一臉想打人的表情。幸虧他事後沒有真的打我，不過被念得很慘就是了。

「明白。接下來呢？」

「第四天，也就是大前天。我又去了一趟學校，那次是班導師拜託我去搬蘇媛在學校的作品，他聽說我人在這所以找我幫忙，加上我和蘇媛關係很好是系上眾所皆知的事。

東西拿完之後我負責送去蘇媛老家，那時候還沒中午卻下起大雨，我有一大半都被淋濕了。」

「這裡很常下雨啊，冬天會很冷。」女員警說。

「老實說，我很不喜歡這裡的天氣。」尷尬地笑了笑，我接續方才的話題，「因為下雨的緣故，我在她們家坐有一段時間，也順便問起狗項圈的事，它被放置在客廳的雜物堆裡，雖然蘇惠曾經說過蘇媛家曾經有養狗，後來卻失蹤的事，但我後來想起，其實蘇媛曾在高中也提起過，她說狗狗死了，基於想確認便問了。

狗狗的名字叫做羅比，牠的下場信裡應該有提到，是蘇媛動手殺了自家的小狗沒錯，理由……檔案裡有寫，你們很快就會知道。」

聽見小狗被殺的蔡警官小小地倒吸一口氣。從陳警官手拿走信又看了一次，眉頭深鎖。

「不能現在說嗎？」

「……不太想。」

叮鈴。手機鈴聲突兀的出現在病房內，大夥看來看去不知道是誰，最後蔡警官想起什麼似地慢慢抽出手機，尷尬溢於言表。「抱歉，忘了關靜音。」

我搖頭表示不在意。

「執勤期間請調震動吧。」

「輪不到你來說——嗯？」

由疑惑轉為嚴肅，蔡警官將手中的手機畫面轉過來給我看，「我們的同僚剛剛發現另一份文字紀錄新建立於今天凌晨一點半多，請問是怎麼回事？」

「哪一份？」

「自白書。」

「喔，那個，」我佯裝停頓思考了一下，「其實那原本是錄音檔，但是後來不小心被我刪掉了，所以我就憑著記憶重新騰一份文字版的。」

「妳剛剛沒有說。」他懷疑般地瞇起原本就不大的眼睛。

「要說嗎？反正錄音的內容我寫下來了啊。」

「那還是要提一下，有線索我們就盡力要求完整，萬一缺漏的部分是破案關鍵，那會減少我們很多不必要的時間。」

我微微低下頭，放低音量，「抱歉……是我的疏忽，我認為不提也沒關係的。真的很抱歉。」

「啊啊您不用道歉，我們剛剛也應該就要現場確認的。只是這種事情真的很重要，我們也不想放過任何細節，還是說一下會比較好。」陳警官有點慌張地安慰我。

「……我知道了。」我說。

「哼，根本是演戲。」許久未開口的魏俐安坐在一旁用很不屑的語氣嘲諷我。

「既然是這樣，剩下的要不要妳來講？接下來就已經很接近犯罪了，還是由本人來說比較好，是不是？」

不知道是不是因為有比她更強勢的人在場，我對她的害怕就不比以往強烈。總覺得自己不是在推論罪行而是在指責並發洩積累已久的怒意。

*她目中無人，我不喜歡她。*頓時想起前天晚上白蠟燭女孩的話，現在看來不難理解。魏俐安的確很自我中心、控制慾強、目中無人，系上同學不太想接近她也許就是因為這些特質。

我和她很像嗎？不僅蘇媛這樣說過，連系上的所有人都這樣傳，當時喝巧克力牛奶的男同學告訴我，在我離開學校以後，魏俐安就像是很自然很平常一樣地接近蘇媛，並待在她的身邊，完完全全取代我的位置。最悚然的是，系上大多數的人一點都感覺不到那種不自然，反而覺得「蘇媛和吳允伶」與「蘇媛和魏俐安」給人的感覺沒有任何區別，沒有任何「人被換掉」的異樣感，就只是換了個人換了個樣子，「吳允伶」還是存在，沒有休學。

她現在這個樣子讓我覺得很火大，不是因為她在我休學期間的行動，而是她把她痛苦的生活、痛苦的記憶全部怪罪到我身上，完全不曾檢討過自己。認為自己沒錯，都是其他人害的。

「我憑什麼有義務說明？」

我冷瞪著她，「妳當然有那個義務，妳也有權保持緘默，但是我可不會就這樣放著不管。」

「那妳接下來要怎麼說？妳這期間完全沒有記憶根本無法說明——」

「對，我在之後沒有記憶是事實。」直接打斷她的話，我自顧自地接起尚未敘述完的事實：「但是失去意識前是有的。」

「不就是一隻狗死了嗎，真無聊。」

無視她的發言我繼續說，「後來我察覺到蘇惠說得話裡有問題。她之前就在河堤邊跟我說過，她五年前開始照料蘇媛的母親，但開始照料的時間就是她搬進蘇媛家的時間，我問起箇中不對勁之處，她也就和我提起她果斷搬進蘇媛家的原因。

五年前，蘇媛的父親蘇胤在某一天不見蹤影，當時被警方列為失蹤人口，在那之後隔沒幾天，蘇媛的親戚家——就是蘇惠和蘇胤的老家，失火了，火勢很猛烈，消防車來的太晚，到的時候已經被燒得差不多了，沒有人生還，全部都在那天夜裡死去，沒有人知道是人為還是事故。沒有地方可以回去的蘇惠，只好搬進蘇媛家。」我再度打開背包，把那張剪報抽出來遞給女員警，「這應該是當時的新聞剪報，我在蘇媛的遺物裡翻到的。可以去查查看。」

「我們會去查看，但在那之前……沒記憶是？」

「端出來招待的薄荷茶我喝了之後隔沒多久就失去意識。然後醒來就在魏俐安家了。」

「妳不能誣賴說是我指使她在茶裡下藥吧？」魏俐安冷哼。

「我沒有說妳指使她在茶裡下藥啊，不過妳倒是不打自招了。」

「……證據。」

「我沒有。」我爽快地招了，「蘇惠本人雖然沒說，但是她間接透露了，似乎有人誤導她並利用。妳以為她會毫無猶豫地執行妳交代給她的任務啊？怎麼可能有人這麼安分地給妳當棋子用。」

魏俐安縮起雙腿，蹲在塑膠椅上，啃咬著手指滿懷恨意的瞪著我，像腹背受敵的大型獵食動物。其他人見此，皆無聲嘆了口氣。

「妳想知道我怎麼逃出去的嗎？」

「說！」她面目猙獰低吼。

我與陳警官對上視線，「我在她家醒來之後，以想吃晚餐為由，原本是想藉此讓她把背包還給我順便逃離那裡，不過她也不是笨蛋，說要幫我出去買，臨走前反鎖了房門，我無法從大門逃脫，爬窗沒有繩子可以下去，所以我找到我的背包和她藏起來的蘇媛私人物品後，抓著陽台欄杆攀到頂樓，等她出門找我時再從樓下離開。幸好樓上的住戶幫了我。」

語畢，除了魏俐安其他人皆詫異瞠眼，「噢……那後來妳去哪裡？」蔡警官問。

「附近有一間汽車旅館，我在那裡和蘇媛的遺物廝混到隔天傍晚。」

「……樓上沒有人……」

「什麼？」

魏俐安此刻露出非常微妙，像是嘲笑又像是疑惑的表情。

「樓上才沒有住人，幾個月前那裡發生凶殺案，在那之後一直租不出去。是誰可以幫妳？」

接著她咧開了嘴獰笑起來。

❖ ❖ ❖ ❖ ❖ ❖

白蠟燭女孩的確沒有說她是六樓住戶。

但她卻說她見過我，也見過魏俐安，還給了長時間觀察才會得出的意見。

我才會下意識認為她是住戶。

「是多久以前？」陳警官順勢咬住這條奇怪的線索，看起來有點緊張。

「那麼久誰會記得。警察那時候不是有來調查嗎？樓上樓下進進出出的煩死人了，居然到現在還抓不到兇手？哈。」

「應該是六月那時候的案件吧？」女員警思考了一下，問了在一旁眉頭皺到可以夾死蚊子的蔡警官。

「那時候確實是有一件凶殺案發生在那個區域。」

「欸，在民眾前不要講太多。」陳警官用小冊子拍了蔡警官的大腿提醒。

「不會啦，」蔡警官揮揮手叫他不擔心，「吳小姐，請問那位『住戶』長什麼樣子？」

「和這件案子有關係嗎？」我問。其實我怎麼也無法把白蠟燭女孩和這件事聯結在一起。

「應該是沒有，只是想確認一下，因為我們也還在追查那件案子，線索越多越好。」蔡警官說。

陳警官的表情很複雜。

「長得……很有氣質，年紀看起來是國中生，長頭髮，那天晚上她在頂樓點蠟燭。」

「蠟燭？」

「白色的蠟燭。」我豎起食指表示數量。

蔡警官和女員警私語一陣，隨後又問了：「那時候是幾點？」

「晚上十一點多左右。」

「妳有看過這樣的住戶嗎？」這句話是問魏俐安的。

「誰記得。」她撇撇嘴，繼續咬手指。

「派人過去調查？」女員警問。蔡警官立刻點頭答應，女員警隨即步出病房到外面打電話。

病房安靜了一會兒，剩下翻小冊子的聲響。

眼角餘光瞥見魏俐安鬆開咬著手指的牙齒，清晰的齒痕涎了一條透明的唾液。

「嗯……好，我們繼續。」

像是要化解凍結的氣氛，陳警官轉轉筆，盯著手中的小冊子丟出了他的問題：

「妳出了旅館之後，去了哪裡？」

第十二章

「我去了××港。」
沒有遲疑地，我回覆了他的問題。
我也想好該怎麼回答了。
「××港？那裡很遠欸，為什麼要去那邊？」
「嗯……確認地點，自白書上面有寫那裡，所以我想去看看那邊是不是真的有這個地方。」
「可以提供一下詳細時間嗎？」
「嗯。」我停頓一下，像是在思考，「傍晚的時候我搭公車到那邊，大約晚上九點多吧，我在那邊的超商吃了點東西才去目的地。」
「為什麼要那麼晚還去那邊？」
「交易紀錄上有寫時間，我想在那個時間去看看，說不定會遇到和她交易的人。」
包括魏俐安在內，除了我以外所有人都瞪大眼，比剛才大很多，「妳會不會太大膽了啊！」陳警官發出不可置信的聲音。
「會嗎？」我歪頭反問。
「會啊！妳一個女孩子——一個女孩子這麼晚了還在偏僻的地方遊蕩，萬一真的遇到壞人怎麼辦？不小心落海我們要怎麼找人啊！」

「呃……我沒有靠近海邊。」
「一樣！太危險了，女孩子要懂得保護自己啊。」
「防身工具？」我拿出螺絲起子示意。
「才一把哪夠。」陳警官抱著胸往後躺在椅背上，頭痛地扶著額。
我默默拿出第二根，「兩根？」
「妳在搞笑嗎？」一旁的女員警看不下去，也一起加入碎碎念行列，「至少要買防狼噴霧或哨子，效果還比較好。螺絲起子是可以用在哪裡。」
「嗯……戳眼睛之類的。」在蔡警官要加入開始碎念之時，我慌忙展示兩隻工具，「你們看，上面沒有沾到血啊什麼髒污，我人也好好的在這邊沒有不見，我沒有遇到壞人啦。」
他們半信半疑的瞇眼盯著我。
不舒服的懷疑視線過了好一會兒，陳警官才嘆氣說：「算了，先假設妳沒有遇到危險好了。」
「嗯嗯好。」
「但還是要注意自身安全，妳這樣父母會擔心。」他坐回原本的姿勢，翻了幾頁小冊子，可能是在算有幾頁。
「……喔。」其實家裡沒人會擔心。
「好，那我們回到正題。」他咳了聲，拍拍臉，重新打起精神，「妳是怎麼回來的？」
「您是指從港口那邊嗎？」
「是。」
轉過頭，我看著魏俐安，她不知道為什麼注意力又不在我們這邊了，恍惚盯著某個不存在的一點發呆。
「她來接我。」我說。
「她？」他驚訝地隨著我的視線看過去。
「對，她騎車過來。」
「是妳連絡她來接妳的嗎？」
「不是呢，是她自己來接我的。」我悄悄觀察著她的反應，她依舊發著呆，好像剛才的對話都與她無關，「我想應該是因為我又跑不見了吧。」
「……妳該不會也知道她怎麼找到妳的吧？」
這部分我就不曉得了，我搖頭。
陳警官點點頭，準備轉頭問行徑怪異的人，沒想到蔡警官先開口了，「妳怎麼找到她的？」
他的口吻很嚴肅，但很沉靜。
「……」魏俐安沒有說話，彷彿所有聲音都入不她耳。
「我再問妳一遍，妳怎麼找到她的？」明顯按捺下不快，他又問了一遍。
「……她……」
「啥？」
她的眼神終於慢慢聚焦，霎時間用異常清晰的聲音說：「無論她在哪裡，我都會把她找出來。」

❖ ❖ ❖ ❖ ❖ ❖

晚上六點半，醫院送來了晚餐。
白粥、青菜和魚，味道有點淡。
在那之後魏俐安的回答都像是鬼打牆一樣不斷重複同一句話，連今早車禍如何促使發生都只說：「他們活該啦。」
關於她如何找到我和怎麼讓其他車輛撞上我們，我無法推測解釋。我很抱歉的對他們搖搖頭，他們雖然嘴上說著沒關係，可以調馬路監視器，但我還是從他們臉上看出一絲失望。
「我可以單獨問她幾個問題嗎？」
臨行離開前，魏俐安突然問了，蔡警官徵求我的意願。我沒理由拒絕，於是答應了。他們魚貫退出病房，留了房門一道小縫以免不測。
「妳在休學的前兩個禮拜回了老家，在那之後回來，為什麼妳們吵架了？」
魏俐安站在門前，表面平靜，看起來就只是想知道而已。
「……我在嫉妒她。」低垂著眼，我半自嘲地給予自己在當時會私想與她決裂的原因，那個原因微不足道，卻像易碎物的細小裂縫一樣越擴越大。「我嫉妒她總是那麼快樂，好像所有能困擾她的事都不存在。回學校以後我越是看到她笑，我越是對她感到憤恨。」
握著拳，像是要抑制情緒激動地握著拳。
我現在無法原諒當時的自己，那近乎愚蠢的責難或遷怒，顯得既荒唐又無知。
而那天她帶著頭髮來找我的晚上，是我親手將她的懇求推出門外，完全不給任何一點機會。
反常的，魏俐安沒有口出諷言。
她只是問了下一個問題：

「妳為什麼休學？」

這個問題，大家都想知道。比蘇媛自殺的理由還更渴求理解。

「他們死了。」

這個也是。

「我的家人，在我回去的那天晚上，全部自殺了。」

我聽見她小小的倒吸一口氣，頓時我滿腹怒火油然而生。

這個自以為是的——

「妳不是說很了解我嗎？不是說我在做什麼我在想什麼妳都知道嗎？既然妳這麼了解我那就不該問這個問題啊！馬的妳們根本無法理解我的痛苦還要以死來折磨我！」

我捏緊的拳頭指節發白、渾身顫抖地、幾乎是大吼出這句話。

五月，我也說過一樣的話。

「妳不是很了解我嗎？之前ㄖㄖ聲聲說很喜歡我很懂我但是現在呢？既然妳這麼了解我那就不該問這個問題啊！也不要拿這個東西給我，噁心死了！」

門前的人愣住了。

我沒有轉頭看她，或要她離開，門外變得有些吵鬧，但並沒有吸引我的視線。

我只隱約知道她被帶走了。

因為我。

被帶走了。

扎人的荊棘刺在背上，戳出來的細孔湧出了血。

我沒有人可以尋求解答，唯一可行的已經死去。

❖ ❖ ❖ ❖ ❖ ❖

四月二十三，九點二十六分

九點二十六。

起床的時間比我預估的早，雖然有點疑惑但又覺得就是應該要這時間起床。

其實我是被夢驚醒的。

在此之前，我已經很久沒有做夢了，意識到這點的我腦子轉了起來，回想方才的夢。

嗯……和昨晚一樣。

夢境和昨晚的情景一樣，就是把昨天進家門後的行動所見在夢裡又做了一遍，只是缺少了行動所附帶的聲響，取而代之的是類似耳鳴的嗡嗡聲。

很清晰的夢呢。

甩甩頭，我起身將被子和床鋪整理好，走去浴室梳洗。

在家裡我這麼晚起床，他們應該已經吃完早餐，該上班的去上班了吧，那家裡應該只剩吳允竑，除非他有事出門。我希望他有事出門。

梳洗完畢下樓，預料中一樓的空無一人。

我走去廚房幫自己倒了杯水，打開櫥櫃發現麥片只剩一點點，冰箱的牛奶也只剩一些些。出去買吧，我餓死了。迅速在心裡下了決定，喝完水後毫不遲疑地上樓換衣服。

打開衣櫥挑了件長褲短袖套上，剛穿好我兀地停下動作。

那不是一閃而逝的異樣感，而是揮之不去的怪異。

好奇怪，太奇怪了。

他們所有人都出去了嗎？

抱著淡淡疑惑我再度來到樓下，主臥室的房門是關的，父親不在裡面，床鋪折的整整齊齊；客廳也沒人，昨晚幫母親蓋的被子折得像豆干一樣疊在沙發角落，上面是昨晚從客房拿下來的備用枕頭。

他們，是出去上班了……嗎？

我來到玄關觀察著鞋櫃。家裡的鞋子總是被要求不能隨意放置，每個人都有專屬的鞋櫃層，由上到下分別是吳允竑、母親、父親，最後一層原本是我的，因為在外念書的關係我為數不多的鞋子都帶去外面住的地方，所以空的這一層就放了客人專用的室內拖鞋。

鞋櫃裡的鞋子和昨天一樣，不多不少。

連出門應該要出現在鞋櫃的室內拖鞋也沒有。

那他們人去哪了？

我大惑不解開了每一個房間（除了吳允竑的房間，我才不想開），去了車庫、去了頂樓。

沒人，都沒人。

我試著在家裡喊了幾聲，但是都沒有人回應。連吳允竑也沒有。

我有點慌了。我又把家裡所有地方翻過一遍，但沒有人就是沒有人，連拖鞋的影子也沒見著。

倚著樓梯欄杆，我努力思考推測他們可能會去哪裡。

母親和父親因為太晚起床上班快遲到了，兩個人匆匆忙忙出門的同時也忘了換穿外出鞋；吳允竑昨天遊戲玩太晚現在還在睡覺，什麼噪音都無法把他吵醒。

啊啊啊，太扯了！前面的例子根本不可能，後面倒是有那麼一點可能性。

難道真的要去敲他的房間嗎？我會不會被滑鼠砸？

舉步維艱地走上二樓樓層，我來到他房門前，手舉起來了卻在門前遲疑很久。

……只不過是不見一下子而已，有什麼好慌張的？

我笑自己太過小題大作，肯定是課業壓力太重才導致自己老是緊張兮兮吧。作業繳交期限當日尚未完成的每個人都很慌張啊。

但這又不是繳作業。我到底在想什麼？

放下手我嘆了一口氣。想太多了，想太多了啦。他們等一下就出現了。

正要下樓出去買早餐時，我下意識瞥了底下房門縫一眼。

暗的。

我蹲下來細看，有什麼堵在門縫，讓裡面的一點光線都透不出來。

為什麼要把門縫塞住？擋蟑螂入侵嗎？

……怎麼可能。

「吳允竑。」我這次毫不猶豫地敲門了。「吳允竑？」

一次又一次，像剛才的呼喊一樣，如石子沉入沼澤般無聲無回應。

房間門鎖住了。

下樓翻了藏在廚房櫥櫃後方的鑰匙串，幾乎是三步併作兩步上樓，試了每一把二樓的鑰匙，試到最後一把時房間終於嗑地一聲開了鎖。

推開門時布料在地上拖擦的聲響異常清晰。

我拍開室內燈。

眼前的景象也是，清晰的過分。

靠著床鋪，他們三人挨著彼此坐在地上，雙眼緊閉，看起來就像睡著一樣。

「媽？」我靠近離門邊最近的母親，她歪著頭靠在父親的肩上，穿著跟昨晚看到的一樣。

「……爸？」和母親一樣，他穿著昨晚的衣服，坐在中央，他與母親相互靠著，這畫面理應來說很甜蜜，但是……

吳允竑坐在最裡面，他的頭沒有靠向父親那，反而是貼著床緣歪向牆壁的方向，與我相似的臉也睡著。

他們前面擺著一盆火爐。

我有些顫抖地靠近，不用仔細觀察就知道那是什麼。悶焚的木炭用盡了有限的氧氣，事不關己、靜靜倘在爐裡。

他們的皮膚染上了略紅、粉嫩的膚色。

「呃、嘿。」你們……睡著了？是睡著了吧？

抹上這種顏色，擺了假造過的火爐，封窗塞門縫……

這是什麼新式玩笑嗎？咦今天是四月一號嗎？難道說這是遲來的愚人節玩笑？都要五月了耶。

不用確認我也知道這代表什麼，不是表層上的意思，而是那更深沉的涵義，令人感到絕望，頭皮發麻。

他們已經……已經……

❖ ❖ ❖ ❖ ❖ ❖

護士幫我把不再食用的餐盤拿去集中回收處。

拒絕了好心護士的幫忙，我扶著牆壁走去浴室擦澡如廁，鏡子映著我的臉孔，有大小深淺不一的劃傷。

我記憶裡存著另一張相似的臉，那張臉被火悶死、亦被火焚燒，生出這兩張臉的兩人也隨同化成灰燼。

在那之後我無論如何都不想看見自己的模樣。

有點痛。比身上的挫傷還痛。

簡單的梳洗完畢後我默默關燈躺回床上。

看了一眼旁邊的空床鋪，我拉起簾子隔開，把自己封在小小的空間裡。

淡灰色的影子在床尾邊。

「影子」留著一頭及肩大波浪，用髮圈紮起，「影子」背對著我，屈膝坐在地上。

今天是頭七。

夜晚播放的錄音始終在我腦海裡縈繞不去。

第十三章

十二月十三日，凌晨一點四十五分，蘇媛

（檔案建立：十二月六日兩點零三分）

呃、嘿！

我是……蘇媛。我是蘇媛喔喔喔！伶伶有沒有想我有沒有想我呀！

抱歉，現在我好像不該講這種話的。

因為我已經死了嘛，妳現在會聽到這份錄音估計我已經躺著了，是吧？

我不是故意把氣氛弄得很糟，但是、我……對不起。

我現在只想跟妳說對不起。

在聽接下來的內容以前，我希望妳有先知道我留下的哪些遺物，並且看過，知道真實面貌的我。如果妳還沒看過完全不知情的話，那就現在按下暫停鍵去看那些我特地留下來的遺物。

看完了嗎？知道我是「什麼」了嗎？

對，我……

……我……

我是個「殺人犯」。

我和我爸都是。

以殺人並出售人體各個部位器官為業的……人。

我不會用「罪犯」兩個字是因為，其實在我心裡我們並不是「罪犯」，我們只是靠此維生的人們，就和你們、社會大眾需要工作養家活口度日子一樣。

唯一不同的是，我們的工作在講求人權的社會裡是不被律法允許的，更為人懼怕，國家為了人民安全也訂下相關刑法，好抑止所謂的「犯罪」滋生。

即便我們知道自己在做什麼，也清楚地從各個媒體管道得知我們有多麼罪大惡極，為什麼我們還是甘願冒著被捕的風險依然故我？

前面也說過了，我們也要生活。我們只是生活模式與你們不同，想改變也無法輕鬆改變。這就是人生。

這絕對不是什麼刺激好玩，這一點也不。走錯一步就很有可能喪命，不開玩笑。

社會上說我們偷偷摸摸，像溝鼠一樣暗地流竄，一點也不光明磊落。

怎麼樣才叫光明磊落？成為你們所謂的好公民嗎？在大眾認定的正義潛規則裡我們已經是問題存在，若我們要成為你們所認為的「好公民」，實在還是有難度的，妳知道我在說什麼。

啊……唉。

我出生在一個看似很普通的家庭。

我媽和我爸透過聯誼認識，相識不到半年就結婚了，奉子成婚。很普通的劇情，一看就忘。

大概在我很小的時候，我不記得是多小，總之好像在三、四歲那個年紀吧，我開始接受我爸給予的教育。

嗯，「教育」。我也找不到更適合的詞可以形容了。

我很清楚的記得那一天。

那一天是假日，我原本可以不用早起，卻在天還沒亮的時候被我爸叫醒，他不知道為什麼看起來很嚴肅，說要帶我去個地方。

我們悄聲離開二樓，來到位在一樓的書房，他輕輕的把門帶上鎖起。接著，來到書房的唯一一扇窗前，那裡擺了一張書桌，有時他會在那裡辦公。

他把書桌推開，發出安靜的叩隆聲，彎腰仔細一看桌子裝了滾輪，被外側的木板片擋住，所以從外表看不出來。

桌子推開後，露出被遮起的地板，那裡有塊像是木板的東西，木板在地板的方形溝槽裡，上面有個扁型的鐵製把手，把手厚度剛好位及溝槽內，所以推桌的時候才沒發生卡住的現象。

我爸抓著把手向上一拉，「木板」竟然整個被拉起，裡面黑漆漆的，洞的大小剛好可以容納一個成人進出。我被噴出的灰塵嗆得咳了幾下。

這裡我很久沒開了。我爸看著黑漆漆的洞說。這次為妳特別開，這是我以前進出的入口，現在改到其他地方去了。

要去哪？

地下室。

我們家有地下室？

有啊。入口不就在這？

媽媽為什麼沒有說？

因為她不知道。她以後也不能知道，不能告訴媽媽，知道嗎？

其實那時候我是有點緊張的，但也有些小興奮，感覺好像要去探索什麼未知新奇的事物。我爸說不能透漏給任何人時，在心裡的小興奮又膨脹起來，感覺這是只有我和爸爸的小祕密，全世界只有我們知道這個地方，對我而言就有點像是祕密基地。小孩子都喜歡秘密基地。

他在洞裡的牆壁摸索了一陣子，拍了一下，洞裡瞬間明亮起來，看得見通往地下室的梯子，也看得見底部的水泥地板。

我爸要我先下去，因為他要關門。我小心翼翼地踩著梯子，梯子是鐵製的，摸起來非常冰冷，我盯著下面看，慢慢一步一步的踩下去就怕踩空，上面傳來動靜，只見父親在關門前拉動一個什麼，頓時上面透射下來的微弱光線就這樣被隔絕在外，他再抓了門板將洞口由外向內密合蓋上。

下來後我看見的是一坪大的挑高空間，梯子對面又是一扇門，這次真的是一扇長方形的門了。門是木頭做的，我好奇一摸居然沒有任何灰塵，它可能被保養的非常好。我爸拍掉牆上的電燈開關，空間頓時陷入一片黑暗，我小小驚叫，但是他並沒有理會我。我聽到唧的一聲，另一種不同的冰冷空氣吹了過來，我隱約察覺到前面的門開了。他開了燈，我眼睛因突如其來的明亮反射性閉上，等適應周遭光線後我再度張開眼睛。

第一眼吸到我的是兩旁的牆壁上，擺了許多白色的假人人頭，每一個上面都頂著一頭美麗的頭髮，那頭髮看起來非常真實。

假人不是只有頭而已，它們連著部分脖頸固定在牆壁裡像電影中獵人家裡的麋鹿頭一樣掛著，頭頂隱隱可以看見有一條透明的細線拉著勾住上面一點的鐵鉤。

好漂亮的頭髮。

那是我第一眼所見的感想。

我爸問我感覺如何，我也如實告訴他，他露出滿意的微笑。

他領著我往前，我這才看清地下室的真實模樣。

地下室無論是牆壁、地板還是天花板都是有點深暗色調的水泥質，天花板裝了兩根日光燈管，裸露的電線沿著牆壁接到地下室某一角落的發電箱，那似乎是地下室所有供電來源，電箱旁有個把手，我猜想是手動發電。燈管光源不強，所以說地下室本身沒有非常明亮，天花板的四個角落都只被分到一點點光。

在進來的入口另一端也有一扇門，同樣是木質材，遠看和入口的門很相似，我問我爸那是通往哪裡，他說那是另一個入口，外面是田野邊，他最近都從那道門出入地下室。

我想起我們家的後面的確有一片田野，原來這個地下室這麼大嗎？

我爸招招手要我回神，我順著他的視線看見了一個很像桌子又很像推車的檯子，上面似乎有東西，但是我這個角度看不到，我跳了幾下還是只能看到一點點。膚色的，淡色花格子。我爸抱起我讓我能看得清楚。

那是一位臉色蒼白的女人。她緊閉雙眼，乾裂的嘴唇微啟，從那小縫攝取氧氣來維持基本的生理機能。

她怎麼了？我問。他說她很久沒喝水了，現在是半脫水狀態，陷入昏迷中。

我當時不懂什麼是半脫水狀態，雖然想問但是有件事讓我更在意。

她為什麼在這裡？

我爸笑而不語，把我撐起放到高一點的櫃子上，讓我可以完整看到整個檯子和周圍物品的情況。

他先是從地上拿了個鐵桶起來，匡啷一聲放到檯子上，接著，動作輕柔地抬起女人的頭部，就像捧易碎物那樣，使她的脖頸可以懸空在鐵桶口上。

然後從檯子另一端拉來另一個小檯子，那上面擺滿了像診所醫生的工具一樣，亮晃晃、有著銳利冷光的各式工具。

他盯著工具盤一會兒，拿起一把特別雪亮的手術刀子——

——往那女人頭與頸子相連處優雅地、割了深深一刀。

整副軀體被切成一塊塊，有些關節處被細緻切割開來，就像關節外露的娃娃。淡色皮膚下是強烈的血紅色，儘管已經放過血還是很強眼。

整個浩大工程進行了兩小時多，爸爸已經滿頭大汗，我鮮少看過那樣的他。

他脫去手套、褪去圍裙，那上面幾乎沒沾到什麼血與脂肪，現在想起真是叫人訝異。

他問我感覺如何，我只是朝他手上的工具伸出手，說：

我也要。

他沒有立即回答我，反倒是愣在原地，有點不敢相信地盯著我看。

半晌，他才回過魂，把我從櫃子上抱下來。

——恭喜妳。

我爸抬起手，慈祥、溫柔地摸摸我的頭。

——妳拿到了可以繼承爸爸名聲的入場券。

他視那為「名聲」。頭髮或許是「紀念品」。

他就坐在被切得完美的女人旁邊，開始講述他為什麼會做這件事的理由。

我啊，想在犯罪史上留名。副標題是：蘇胤是犯罪史上唯一犯下數百件殺人案還能完美避過警方搜查的傢伙。聽起來不覺得很酷嗎？聽起來這人就是這麼厲害。

有著焦赭色瞳孔的雙眼有些陶醉地望著牆上那些白色假人頭，不過我現在知道他是在看著那些頭髮回味當時處理那些女人軀體的情景。

我爸他，知道自己在犯罪，知道自己在幹什麼，而他很享受過程，也自豪能躲過警方無數的搜查。

對他而言，從事這行是消遣娛樂吧。

我那時也覺得好像很好玩。我對於那時沒有尖叫逃跑或是嘔吐的我感到不可思議。

我果然和爸爸流得是一樣的血。

所以才會選擇我作為他的接班人吧，他大概是想讓這項犯罪成為家族史。

從那天起，我就常常往地下室跑，不過不再是從書房的入口了，因為我也很難一手拉動桌子。

地下室還有另一個入口。那天結束後，我爸親自帶我走了一趟，我才知道地下室的空間加上來的通道有一個田野那麼寬大，從地下室打開門以後是一條黑漆漆的隧道，沒有任何光，和幽亮的地下室比起來真的有些令人害怕，我緊張害怕地抓著我爸的褲子。

他說這裡以前是某個地主為了躲避日軍而建造的防空洞，然而日本人的心思縝密是眾所皆知，這個地方很快被發現，地主一家人也被懲處，後來國民軍政府來台，這個地方又再度被遺忘，時間一久也漸漸荒廢了。他一邊說著一邊把小的手電筒給我，兩道強烈的光源瞬間照亮隧道一部分，但光源外還是暗得伸手不見五指。

我們走沒多久就來到盡頭。盡頭是石造階梯，上面是封起來的，我看見和書房入口門板一樣的鐵製把手。

果其不然，他抓住了那把手往旁邊拉，意外地沒發出什麼大聲響。我們走到外面，我好奇向後看那扇門，居然也是木質材，而且還有點新，只是顏色很深，刻意漆的跟週遭環境色很像，難道他換過了嗎？

回過頭，眼前是一片小樹林，地上全是落葉，多到看不見土地。

不要從那裡走。我爸指指剛剛出來的入口後方，是一小片不寬的矮牆，矮牆後有隆起的土丘，上面佈滿雜草。我湊近往土丘的前面看，在天空微曦的照射下，看到石製牌位。那是座土葬墳墓，石地因年久未清布滿了落葉雜草。難怪這裡沒人發現是有原因的。

我有些害怕地往後退，踩到了一隻蟲子，嚇得我驚叫跳起，連忙撥撥腳底。我出「門」時並沒有穿鞋子，腳底很髒，我用眼神向父親求救，但是他並沒有理會我，或是沒看出來。他只走了幾步，招招手要我跟上。我只好光著腳丫跑過去。

穿過樹林（還是不可避免地踩到了幾隻不知名小蟲，那種感覺很怪），我爸拉開架在樹林周圍的鐵絲網，開了個口鑽過去，再來是我，他再把開啟的網子關上，這裡很偏僻，還得再踏過一小片雜草叢才能來到外面。

太陽從墳墓的方向升起，光線穿過樹林縫隙灑在我們身上。

天亮了。

我還記得那天回到家天才完全亮，我媽也才剛醒沒多久，我趁她下樓弄早餐時偷偷跑上樓去洗腳，再拿抹布迅速擦掉腳印，那個時候我真是詭異聰明。

我爸的工作時間幾乎都是在晚上，白天要上班所以沒辦法，我也得上課，不能常常去。所以我幾乎都是在晚上吃飽飯後佯裝要和爸爸一起去外面散步，才會「散步」到那裡去。由於時間不長，我也只能在旁邊幫忙或是觀摩，偶爾假日晚上會偷偷溜出去和我爸一起送貨。

但是這樣的日子隔不久，就被我媽發現了。小孩子常常溜出家門難免有天會被發現，她一路偷偷摸摸跟著我來到地下室，我永遠忘不了她那時的表情。

那是揉合驚駭、恐懼與慌張的一張臉，連旁人看了都會跟著感到不安。

和我不一樣的是，她開始放聲尖叫，叫到整間地下室、整條隧道都回音響徹耳膜，就算我拼命摀起耳朵那尖叫聲還是清晰無比。

最後我爸抄起旁邊接血的鐵桶打昏她。我媽匡一聲倒地，昏了過去。

我爸沉默了幾秒，二話不說脫下圍裙和手套一把扛起我媽往書房的入口走，我在旁邊幫忙開門、開燈、挪桌子，單手挪桌子還是很重，但還是勉強可行，雖然那時小小扭到手腕。

我爸把我媽揹到臥室讓她躺著。然後轉過頭來叮囑我。下次不可以再犯這種錯，厲害的罪犯是不會輕忽大意的。

我們是罪犯嗎？

我當時很想問：我們是罪犯嗎？

那時我還不太曉得罪犯的定義。

但是我被我爸嚇得噤聲。他的表情冷戾，眼神透露出濃濃的殺意，彷彿下一秒就會撲過來撕咬我。

「再有下次，妳就會和她們一樣。」

他低沉的嗓音讓他就像童書裡長角的惡獸，我感到一股寒意竄上背脊。

我媽昏了很久，等她醒來時據說已經是半夜兩三點了，那時候我爸像照顧病人一樣的趴在床邊，安撫驚慌疑惑的她，告訴她，她做惡夢了，一直在痛苦的呻吟。我不知道她是不是相信了那套說法，因為當時我已經上床睡去，早上下樓時她就和平常沒兩樣的在弄早餐，只是看我和我爸的眼神有點怪怪的。

後來我才知道，她壓根不相信。

來談談高中吧。

事到如今，妳一定很好奇我對妳的想法吧？

我……

我承認對妳是懷有……「收藏」之想。

和我爸一樣，我也會留下一點什麼紀念品，恰巧我和他一樣都喜歡收集頭髮，所以我也無法一次拿到全部，頂多就是一小束。

也許妳會想我就是看上妳保養得宜的頭髮才接近妳，但這只是部分原因。
妳的身體構成乃至於個人思想，每一部分我都喜歡，接近於著迷，卻不至於病態。
我想收集妳的所有，卻不希望妳的內在被消滅。
應該是說，我在短時間內喜歡妳的內在大於外在了。
我很喜歡妳的獨特思考模式，妳講話的態度，妳的笑聲……
如果說人一生中一定要有個真心的摯友，那妳一定就是，毫無疑問。
……
我和我爸，果然，流得是一樣的血。
他也看上妳了。
他看上每天會和女兒在校門口道別的女學生，他無法克制地在地下室興奮討論起許久未見的高等貨，還揚言要拍照記錄留念。
我一邊切下女人的手指，興趣缺缺，心想他或許只是一時興起。
但是當他拉著我討論擄人計畫時我就察覺不妙，他是認真的在看待這件事。我委婉地試圖要他打消念頭。人不見了家人會找啊、學校會連絡警方啊、她身上有傷口會降低價格啦等等。但是他都不在乎。
後來我義正嚴詞的警告他不准對妳出手，我們大吵一架。直到最後他說他自己來，我才妥協一半。
不要誤會，我怎麼可能那樣做呢？
總之訂下的計畫是：我先把妳誘騙到地下室，用什麼方法都好，但就是不能引起任何人注意。

就這樣。
反正最危險的工作就是交給我，他負責享樂就好了。
其實從很久以前開始，我就知道他是這種很自我中心的人。凡事都以自我為優先，才不管其他人的死活。我曾經問過他為什麼要和媽媽結婚，他一派輕鬆地說：這樣才不會啟人疑竇啊，而且我也需要一個可以從小教育的接班人。
你愛她嗎？沒有回應他很有問題的回答，我轉而問起我在意有一段時間的事。
他沉默不語，他知道我指的是誰。
她現在變成那個樣子……你好像也不太關心或想照顧她，你們當初真的是因為相愛才結婚嗎？
他依舊沒說話。摸著失去身體的頭顱。
你愛過她嗎？我不放棄繼續追問。
他的手停下來，拿起旁邊的刀子，割下女人失去血色的豐唇。
他說沒有。
計畫要實行的那天，我獨自一人先來到地下室。
已經超過了約定時間，我爸才慢悠悠的開門進來。
看到我已經在等了，他沒有道歉，反而先是環顧著四周，幾次之後問我人在哪裡。我很誠實地告訴他沒帶人來。
他瞪大眼睛，錯愕的表情瞬間掛在臉上，以為我在開玩笑，多次向我確認、在四周可藏人之處翻看，好確保自己沒有聽錯。

沒有就是沒有。我冷冷地說著，一邊有些忌憚他會做出什麼超乎意料的事。

他呆愣幾秒，接著一腳用力踢翻肢解人體的檯子，檯子磅啷倒地，我趕緊退後幾步才沒被砸到腳。但是下一秒我看見我爸迅速跨過檯子大步走來，面無表情的往我這邊揮。沒來得及反應過來，我的太陽穴被重重毆了一拳。

「妳怎麼敢？」

那個聲音我聽過，冷戾且低沉，讓人不安恐慌。

「妳怎麼敢？」

一遍又一遍地重複，一拳又一拳地揮來，好多我都閃避不及，頭部受到重擊讓我眼前一片昏花看不清方向，最後我感覺到我腹部一個重擊，我摔跌在地。

「妳、怎麼敢、不聽、父親的話？」

他跨騎在我的肚子上，強而有力的大手掐住我的脖子倏地收緊，強行被截斷呼吸教人實在異常難受。

完了，他很生氣。生氣到可以毫無猶豫地殺人的那種生氣。雖然他平常殺人本就毫無猶豫。

「憑什麼我要聽你的？」

我盡可能讓自己露出冷笑，扳著他的手努力擠出聲音來。真是破碎的可以。

右手往口袋摸索著，終於摸到早些時候藏起的刀子，我捏著刀鋒抽出，往他眼窩一插，他爆出撕裂的吼叫。脖子上的束縛鬆開，我連忙踢開他，拔出刀子。手上不小心被銳利的刀鋒割了幾道傷痕，正汩汩地湧出血。

他一手摀著冒血的眼睛想再度撲過來，我閃到一旁重重踢了他小腿脛骨一腳，這次換他跌在地上，我一腳踩上他的腹部，把刀子刺進他的肩窩，慘叫又爆開來，膨脹在整間地下室。

「憑什麼？」

在他罕見的驚恐雙眼裡，我瞧見自己陰冷的表情正在詭異地咧開笑容，好像陌生人，從來沒看過。

「我有我想保護的人，憑什麼我要為了你那偉大犯罪去毀掉自己、好不容易和交到的朋友建立起的正常生活。」

聽到我這樣說，我爸愣了一秒，突然大笑起來，幾近瘋狂大笑。

「朋友？正常？」他的聲音破且走調。「妳也知道自己不正常?!」

後面那句是不敢置信的嘲笑意味。

「妳自己知道我們是不可能成為『正常人』的，永遠不可能！」

……我握著刀柄往下拉，鮮血從拉開的切口冒出。

但是他沒有停止地繼續嘲諷我。

「妳也別奢望交什麼朋友，當他們知道妳是『什麼』，都會離妳而去！」

握著刀柄的手劇烈的顫抖著。

他說得是對的，都是對的，毫無虛假，真相清晰的可怕。

我們的存在本身就是社會問題，我們賴以維生的工作令人懼怕厭惡，我們的喜好會讓人們央求國家把我們送進地獄。

我們不是人，打從切開活人喉嚨還感到滿足的那一刻起就不是人，更無法成為「正常人」。

但是我想保護妳。

「不要把我和你相提並論，我會保護她。」我顫抖的哭腔無力反駁，聽起來一點說服力也沒有。

「妳沒辦法保護任何人！殺人為樂的妳談何保護？妳繼承和我一樣骯髒的血，這是永遠不變的——」

長達十幾公分的刀傷，濺出暖燙的鮮血，金屬櫃子的玻璃門映出我因憤怒而扭曲、醜陋、腥紅的右半臉。

「我會保護她……我會保護她……就算死，也要保護她……」

我低著頭繼續拉動刀子，更多的血灑的到處都是。

計畫要實行的那天，我獨自一人來到地下室。

計畫要實行的那天，我把他殺了。

我殺了我爸。哭著殺了我爸。

妳知道為什麼我心意這麼強烈嗎？即使被法律冠上連續殺人犯、被社會大眾唾棄我都無所謂，我依舊會守護著妳，不讓妳沾到任何一滴血。

因為妳讓我活得像個人。

等血流得差不多後，我就地將我爸肢解，拿了接上水龍頭的水管，沖洗他皮膚上的血、脂肪與髒汙。撐起檯子，把他一塊一塊放上去拿條乾淨的布擦拭水分。

血和黏滑的脂肪很難清，水泥地板吸到血的顏色我費了一番功夫才洗掉一點而已。

全部有條不紊整理完後，我盤腿坐在檯子旁的鐵管椅上。

結束了嗎？

我思考之後該處裡的事。也許把我爸分批帶去扔掉，一次扔會引起太大的關注，慢慢來就好。

換作是妳也會這樣做吧？我相信妳是會這樣做的。

從地下室離開以後我回到家已經是很晚的時間了，我躡手躡腳地脫下鞋子打算先洗去身上的味道、還有部分血跡。（在到地下室後我們都會先穿上圍裙，以免沾染味道或血與脂肪）

「去哪裡？」

走上二樓，某個飄忽的聲音略過耳邊，我靜默側耳聽了一會兒，以為自己聽錯。

「妳想去哪裡？」

我停下行進中的腳步。那不是幻聽。

不屬於同一個女人的聲音說著同一句話，就像有五、六個女人同時開口。

我握緊掛在脖子上的護身符，不知道為什麼它在我掌心裡隱隱顫動。

「蘇胤死了、妳想去哪裡？」

我環顧四周，發現我媽站在我房間門口，雙手垂掛在身體兩側，有些駝背的站著，長髮遮住了她的側臉，我看不見表情。

慘了，我以為她已經睡了，她總是每天晚上十點半準時就寢，就算我和我爸很晚回來她也是那個時間就上床睡覺了。

說真的，我很不會應付我媽，更別提以後要和她單獨相處同一屋簷下。

那些和聲並不是我媽的聲音，我試著叫換了幾聲，但是她都沒有回應。我走到她旁邊推推她的肩膀。

她臉霎時以怪異不自然的姿勢面向我，雙眼暴凸表情令人驚懼。

她張開大口，露出上下兩排白牙，這次和聲不是從不知名的地方來了。

「蘇胤死了、妳也要死、妳——想——去——哪——裡？」

幾十個，不，無數個女人的顫慄吶喊，從大開的嘴巴，就像回音一樣穿進耳裡。

失去意識後醒來已經天亮了。

我關掉手機鬧鐘，先是在床上愣了幾秒鐘，然後拉起衣服看。

還是昨天那件制服，潑濺的血跡怵目驚心。

我原本以為是我昨晚太累就直接躺進床裡，沒多想就拿了換洗衣物和塑膠袋走進浴室洗澡漱洗，臉上的傷口發炎紅腫。

洗完後發現不對。我想起昨晚在房間門口的情景。

我頭髮吹都沒吹就直接跑下樓衝進廚房，我媽站在瓦斯爐前移動鍋鏟，火腿的焦香味讓人引起食慾。

轉頭要拿盤子的她，注意到站在廚房門口呆愣盯著她看的我。

她還是一樣啊。

沒有任何不自然。

妳剛剛洗澡？快去吹頭髮啊，這種天氣很容易感冒的。她關起瓦斯爐放下手邊的工作直直朝我走來，推著我的背往二樓走，我沒有反抗的被帶進臥房，她從一旁的矮層抽屜拿出吹風機，插上電源開始幫我吹頭髮。

她在幫我吹頭髮？我回過神，請我媽停下來，她滿臉問號的看著我。

妳不問我……昨天晚上的事嗎？
我有點緊張地問。
昨晚？妳不是和爸爸去散步嗎？
啊……對，是這樣沒錯……
怎麼了？我要繼續吹頭髮囉。
等一下！妳不覺得奇怪嗎？
什麼奇怪？
為什麼每次「散步」都那麼久？今天爸爸不在，我臉上這麼明顯的傷從哪裡來的？妳難道不會覺得很奇怪嗎？
我抱著滿腹疑惑，質問她的反應。沒想到她的反應非常的、呃、我不會形容……就是、詭異？
她歪著頭反問：哪裡奇怪？
被她這麼一問，我反而講不出話來了。雖然知道自從她撞見我們在做什麼的那天起她就一直很不對勁，有時候講出來的話也很奇怪，但都不會比現在怪。
妳受傷了。她一邊說，一邊用纖瘦的食指點我的腫包。是爸爸打的嗎？
……妳知道……？我只是錯愕的問。
昨天聽到的喔。
她笑著說。
「所以蘇胤不見了，沒什麼好意外的呀，因為惡魔把他吃了嘛。」
媽媽依舊笑靨如花，吐出冰冷詭譎的言語。

如妳所聞，我和我媽關係很奇怪，好像一直處於一種緊繃又放鬆的狀態，她似乎很怕我，但是我爸不在的隔天又是那種態度，漸漸引起我的恐懼感。我很少對什麼事物感到害怕，屍體、殺人、血、幽靈鬼怪都不曾讓我感到真正的恐懼。唯獨我媽，她的詭異令我毛骨悚然，妳不確定她是真瘋了還是演戲。她好像知道所有的一切，又裝得事不關己。她曾對我爸來訪的客戶直接介紹我們兩個是殺人犯，還想要拉著他去地下室，理所當然客戶一笑置之，因為我們的形象和殺人犯實在是差太多了。

我不知道她怎麼想，但是每當對方選擇當開玩笑後，她就不再說話了。

我無法理解她。

我覺得我媽是陌生人，就像未爆彈。

我爸不在的那天起，她突然變得很溫柔，時常笑著，彷彿年輕了好幾歲。

……直到她們放火燒死所有的親戚。

那天夜裡，我聽見我媽的動靜，偷偷看見她好像把什麼很重的東西搬上車，駛車前往爺爺家的方向，我騎著腳踏車想跟上，但由於速度差太多，我很快的就被遠遠拋在後頭。總算到達時，爺爺家已經竄出熊熊大火，火勢猛烈的瞬間房子轟地一聲倒塌。

我以為我媽也在裡面，焦急的在屋子四周找人，結果在不遠處，一個人們看不太到的角落，我姑姑雙手搭在母親肩上，兩人一起直直望著大火。

她們為什麼那樣做，以及姑姑為什麼會跟母親在一起……我都不想知道了。

在那之後，姑姑順勢搬進家裡，我逃也似地搬出了那個家。

那裡不再是我的容身之處。

手頭上雖然也有一筆錢，夠繳兩學年的學雜費，但是要支付以後的還是得想想辦法。我可以用我爸的錢，但又不是很想。

我把我爸的銀行帳戶就這樣丟著不管了，反正她們自己會看著辦吧。

搬出去之後，我姑姑不知道從哪裡得知我住處的地址，她和我媽都寄了信給我，她說她不知道我和我媽是怎麼了……好吧，希望她真的不知道，最好永遠都不要知道。

我不知道妳有沒有看到我媽寫給我的信，就是有塞錢的那幾封其中一個。對，她們還寄錢給我，不過應該是姑姑寄的，看來她真的不知道我和我爸在幹嘛……

我媽會怕我，是真的，但同時也很討厭我。看到自己被用那樣的字眼形容，我也打從心底對不起她。

突然覺得失火後下的那場大雨真是下得太好了。

啊……我還有什麼事情沒說呢……？

喔，我爸。

最後我把他放在一個大容器裡，用防腐溶液保存起來，妳去我住處撬開矮桌背向門口座位下的木頭地板，就可以看到，那個地板是我重新請人做的，會有點難開。

然後衣櫃最下面的踢腳板，妳把那裡拉開，會有幾罐也是用防腐溶液保存的屍塊，還記得我高中有次跟妳提過以前養過狗狗後來過世嗎？那就是了。牠的死因只是因為我的無聊試驗。

我和我爸去交貨的地點在××港的×號倉庫，請帶警方去那裡調查。
還有，妳應該很好奇1230吧？
那是妳對我說出心事的第一天喔，不過妳好像是不小心的就是了。
……
允伶。
我一直以來，都不知該如何把這些事情說出口，我好想告訴妳，我想訴說我的「罪」與痛。
但是我知道妳會跑走。我不希望妳走，妳走了我等於什麼都沒有。這是真的。
聽到妳要離開我很難過。
雖然我知道妳並不是永遠離開，妳還是可能會回來，但我還是很慌張。妳開始想獨自一人的時候，我好想幫妳，可是妳卻疏遠所有人，包括我。
離我好遠好遠。
我猜想也可能是發生了什麼事所以想一個人靜一靜吧，但妳卻什麼也不說。
妳不見了。我喜歡妳的那部分從妳身上迅速流失了。
我拚了命的想要原本的妳回來。我不懂、我把屬於妳的東西還給妳，妳反而說我噁心要我走開。
我做錯了嗎？
把擅自拿走的部分物歸原主不是正確的嗎？
當時我可能失控了吧，認為既然妳不再是我生命中最重要的人，我大可殺了妳賺到一筆高價。
可是、我、還是不希望妳從我眼前消失……

但是我想殺妳。
因此我只能選擇殺了自己，去保護妳。
我不會讓妳沾上任何一滴血。
……我……
……對不起……請妳不要再想起我。
我們來世…………
也不要再做朋友…………

終章

火葬場很多人，很多的誦經聲，和嗩吶鑼鼓。

我和蕭凜軒謝正良站在短短的隊伍裡，後面是系上的一些同學，裡面有幾個女生低聲啜泣著。

謝正良推著坐在輪椅上的蕭凜軒，表情很沉重。

他們出院以後，謝正良因為傷勢的緣故所以咖啡廳試營運延期改日，而蕭凜軒的手受到玻璃嚴重割傷腳又扭到發炎，暫時無法彈琴。他無奈笑著說沒關係，其實那些比賽不參加也罷，很多大賽都是內定，就算得獎也沒意義。

魏俐安被移送法辦，她承認自己慫恿周心靚自殺、逼車促使車禍發生。

之後她再度回到醫院，低頭和蕭凜軒、謝正良兩人道歉。

聽說謝正良突然暴跳起來揍了她一拳。蕭凜軒默默表示大快人心。

警方最後在蘇媛原本住的地方發現被支解的屍塊，褪色的屍塊在腥臭的溶液裡漂浮著，我想起在工作櫃找到的深色瓶子，那大概跟保存羅比和蘇胤屍體的溶液是一樣的吧。

地下室也被找到了，聽說拉起封條目前禁止任何人進入。

錄音檔好像還沒從手機復原，蘇媛可能設定檔案刪除即銷毀？我不知道。

我聯絡陳警官，告訴他自白書我所遺漏的部分。

走到最前頭，我搭了蘇惠的肩膀：「蘇惠？」

「……怎麼了？」她問，聲音蒼老而疲倦。
「方便說點話嗎？」
「可以。」
這幾天有好幾次，我想問問蘇惠五年前那場火災的事，但每次看到她沉重的影子拖在背後，想問出口的話又嚥了下去。
「五年前……您提到的那場火災……」
她的雙眼微微瞠大了一點，但是沒有很明顯。
「是刻意說謊的嗎？」
沉默。
隊伍又前進了一點。
「那場火災是真的——」
「妳知道我問的不是這個。」下意識收緊手，連敬語都不想說了，我將音量提高一點，好穿過周圍吵雜的聲音讓她聽見。「有人告訴我，她看到火災的那天晚上妳和周心靚人在不遠處看著。」
「……」
「妳不是告訴我妳人在蘇媛家嗎？」
「……」
「這麼做的理由是什麼？」我壓抑想怒罵的衝動，緊緊捏著她的肩。
我覺得我被耍了，到底為什麼我之前會百般同情這個看起來脆弱又寂寞的婦人。
「……」她沒轉過頭來看我，也沒任何回應。

「錢？還是什麼？」
「女人的尊嚴……」
「什麼？」
「女人的尊嚴，我們不能靠自己拿回來嗎……！」她的拳頭緊握，我感覺到她全身都在因憤怒而顫抖著。
跟著場內人員的指示，我們來到了焚化棺材的地方，推進的軌道旁有三口棺材，我分不出哪一口是誰的。
到處都有哭聲。這邊的，那裡的。
他們在一瞬間都被推入了高溫爐火，我聽見細細的哀號。
雙手合掌拜了一會兒，整個流程結束過後，我們來到廠外。
其他人各自分別後，我請謝正良他們去停車處等我一下，馬上就好。
我和蘇惠來到沒什麼人的花圃旁。
「妳說妳可能害死他們是嗎？」我盯著遠方合起來的爐火口靜靜說道，「那妳更應該為妳的家人們去自首。」
「……我只是想脫離那種不平等的生活。」失了方才的怒氣，蘇惠哀傷地開口。
「但是，往後的日子也不好過吧。」我靜靜地說，「否則妳不會說：『他們』可能都是我害死的。」
「……嗯。」
「妳一直很想照顧她們母女倆，但是披著罪惡感去做反而會讓妳更加想起那夜火災。這一點意義也沒有，妳只是下意識在懲罰自己。」

她沒有反駁，也沒有回話，抬起頭望向遠方停在樹蔭下的黑白警車。

蘇惠先是抬起略微沉重的步伐，然後加速，像是卸下了巨大的陰影般，腳步輕快地走向警車。

陳警官下車，朝我這邊點點頭。

回到了車上，我接過手帕、艾草和瓶裝水。謝正良提議去吃飯，蕭凜軒生氣地說他這樣不能吃飯，然後小倆口又打鬧起來。

車子駛離火葬場。

我緊緊抓著艾草，把頭埋進膝間。

對不起，請妳不要再想起我。

我們來世，也不要再做朋友。

拋掉過去，講的多麼簡單，到頭來還是不容易。

我終於哭了。

後記

各位初次見面，我是炓子。

第一次出書就用這樣的風格和大家見面，不知道各位看完故事的心情如何？想必會有些複雜吧。沒關係，我也是。我寫完最後一句時坐在書桌前愣了有好一段時間，才慢慢伸個大懶腰，朝半空用剩餘的力氣揮出一拳，然後往後面的床倒下去。

那時是一月，我在冬天的尾巴完成初稿。

一月理應很冷，但我已經忘了當時的氣溫，而似乎也沒有冷到我印象深刻的樣子。我在想，當時可能每天寫著寫著就把冬天給寫過了，因此沒留意當時的溫度是比前年冷或暖。

無所謂，反正我不太喜歡冬天，冬天對我而言唯一的樂趣就只有著夾腳拖穿大衣嗑冰棒和窩在爐火旁吃早餐。

如果是吳允伶，她應該也是會和我一樣窩在爐火旁吃飯，但她絕對不會穿成我那樣去買冰吃。

如果你或妳還沒看完小說本文，我建議你至少去翻個三四頁知道一下主角名字會比較好，再不然就先看完，因為我不確定接下來會不會無意識透漏劇情——吳允伶就是本書女主角。

不知道她現在在做什麼。也許她正聽著窗外的傾盆大雨不斷想起從前朋友說過的話，也許正在和某人一齊追查著什麼。我有幾個月沒見到她了，不知道她過得好不好。我讓她的人生難過，希望她比以前好，但是沒辦法，她可能要再苦一陣子。我很自私，對吧？我知道的。

告訴你們一個設定：這本小說的案發時間就位於我寫作的時間段落內，腦筋轉得快的人看到本後記第三段大概就可以推測出來，當然前提是你已經看完小說了。

再來說說主角與她的朋友。

寒冷、抱藏秘密、浮出血腥味的十二月，吳允伶從依賴到嫉妒的摯友死了，她沒有崩潰也沒有大哭大鬧，或許長期凍結的情感——緣由可能是寒冬與家庭——讓她直到離開焚化廠前一刻，一滴淚也沒流。

你看到這邊可能會覺得她是個有點冷血的人，不，吳允伶是個可憐的人。她在人際關係裡是個不擅言語的小女孩，在拘謹的家庭裡難以順暢呼吸，使得她難以放開自己與他人相處，直至蘇媛到來，她才能稍微放開自己。我欣慰她與兩位男角成為了朋友，雖不至無話不談，但對她而言卻是一大進步，她在這方面並沒有被蘇媛的死困住。很好。

……反之，蘇媛在人生的後期，被吳允伶的存在給困住了。她掙扎於本能的渴望，壓抑她認為骯髒的血，最終為了保護她親愛的朋友不受自己傷害，毀滅了自己，從此一覺不醒。對她而言這即是最好的結果，我們無權單就自殺二字意思就隨意批評他們結束自我生命的方式，即使知道了真相也同樣地、不能隨意開口侮辱，那跟鞭屍沒兩樣。

這是小說裡沒有提到的部分其一。

其二是白蠟燭女孩。友人阿珊說她好像魔神仔，看來這部分是嚇到她了。

白蠟燭女孩這裡不會講很多，我只會透露一點：也許你會在別本書裡再次見到她。她是個有點特殊的角色，和蘇媛一樣。總之她不是魔神仔。

嘿，我猜你正在想炓子這個人是有什麼問題？把後記搞得有夠沉重。抱歉，我是個稍稍負面的人，寫文章很容易寫成這個樣。可是讀到這邊的你有沒有發現，炓子也同樣是個幽默的傢伙呢！希望閣下有感受到我幽默的魅力。

最後我要感謝阿珊耐得住性子在我寫作期間接受我一堆問題騷擾和給我許多建議、指出矛盾錯誤的地方；也感謝洪仕翰編輯在過稿後給予我諸多疑問的詳細答覆，說明真的很詳細，我在電腦前很感動，好久沒和圈外的活人有所交集，真是太謝謝了（拭淚）。

好的好的，後記就寫到這邊，我要去睡了。下次見。

炓子，二〇一七年六月四日

要推理45　PG1833

要有光
FIAT LUX

負罪

作　　者	炓　子
責任編輯	洪仕翰
圖文排版	周好靜
封面設計	王嵩賀

出版策劃	要有光
發 行 人	宋政坤
法律顧問	毛國樑　律師
印製發行	秀威資訊科技股份有限公司 114台北市內湖區瑞光路76巷65號1樓 電話：+886-2-2796-3638　傳真：+886-2-2796-1377 http://www.showwe.com.tw
劃撥帳號	19563868　戶名：秀威資訊科技股份有限公司 讀者服務信箱：service@showwe.com.tw
展售門市	國家書店（松江門市） 104台北市中山區松江路209號1樓 電話：+886-2-2518-0207　傳真：+886-2-2518-0778
網路訂購	秀威網路書店：http://store.showwe.tw 國家網路書店：http://www.govbooks.com.tw

出版日期	2017年12月　BOD一版
定　　價	300元

國家圖書館出版品預行編目

負罪 / 炓子著. -- 一版. -- 臺北市 : 要有光,
2017.12
面；　公分. -- (要推理 ; 45)
BOD版
ISBN 978-986-94954-8-6(平裝)

857.81　　106013863

讀者回函卡

感謝您購買本書，為提升服務品質，請填妥以下資料，將讀者回函卡直接寄回或傳真本公司，收到您的寶貴意見後，我們會收藏記錄及檢討，謝謝！

如您需要了解本公司最新出版書目、購書優惠或企劃活動，歡迎您上網查詢或下載相關資料：http:// www.showwe.com.tw

您購買的書名：________________________________

出生日期：________年________月________日

學歷：□高中（含）以下　□大專　□研究所（含）以上

職業：□製造業　□金融業　□資訊業　□軍警　□傳播業　□自由業

□服務業　□公務員　□教職　□學生　□家管　□其它______

購書地點：□網路書店　□實體書店　□書展　□郵購　□贈閱　□其他

您從何得知本書的消息？

□網路書店　□實體書店　□網路搜尋　□電子報　□書訊　□雜誌

□傳播媒體　□親友推薦　□網站推薦　□部落格　□其他__________

您對本書的評價：（請填代號　1.非常滿意　2.滿意　3.尚可　4.再改進）

封面設計____　版面編排____　內容____　文／譯筆____　價格____

讀完書後您覺得：

□很有收穫　□有收穫　□收穫不多　□沒收穫

對我們的建議：________________________________

____

____

____

請貼
郵票

11466
台北市內湖區瑞光路 76 巷 65 號 1 樓
秀威資訊科技股份有限公司 收
BOD 數位出版事業部

（請沿線對折寄回，謝謝！）

姓　　名：＿＿＿＿＿＿＿＿　年齡：＿＿＿＿　性別：□女　□男

郵遞區號：□□□□□

地　　址：＿＿＿＿＿＿＿＿＿＿＿＿＿＿＿＿

聯絡電話：(日)＿＿＿＿＿＿＿＿(夜)＿＿＿＿＿＿＿＿

E-mail：＿＿＿＿＿＿＿＿＿＿＿＿＿＿＿＿